马永安 著

留住青山绿水

刘国田：一位中国农民的精神坚守与环保奇绩

山東文藝出版社

目　录

引子：他有可能改变世界

他有可能改变世界。

这或许应当是对一位大国元首的评价。如若将其放在一位普通的中国农民身上，肯定会被视为毫无根据的吹牛或者精神错乱的呓语，没有人能够相信。然而，当130多项国家和国外专利及一个硕大的设备摆在面前，而且这一整套巨型设备正源源不断地吞进各种各样的生活垃圾，在另外的几个出口，分别吐出的是发电的沼气、塑料制品、建筑材料和油料等产品的时候，在垃圾处理问题一直作为一个世界性难题存在，“垃圾围城”“垃圾围村”形势日益严峻的今天，这样的评价或许并非言过其实。

有一则小幽默：一个美国人和一个法国人凑到一起，开始吹牛。美国人说：“我们美国人发明了一种机器，只要把一头猪推到机器的这一边，然后转动机器把手，腊肠就从另一边源源而出。”法国人说：“这种机器在法国早已改进，如果腊肠做得不好，只要倒转机器把手，猪又会从原先那边退出来。”之所以幽默，就是因为他们的说法不可能实现。事实上，在此之前，如果告诉你有这么一套机器，这边把垃圾塞进去，那边就有产品出来，很多人会觉得像塞进腊肠出来猪一样荒诞不经，但就是这样超乎想象的事情，居然被一位农民完成了。

没错，他只是山东昌邑的一位普通农民。做过木匠，搞过印染，侍弄过苗木，如今，他在潜心研究自己的垃圾资源化利用系统。这套系统无须分类，不填埋、不焚烧、无二次污染，完全循环利用，比号称国际上最先进的日本和德国的垃圾处理技术，成本更低、利用率更高，而且处理更彻底。

在我们的思维系统中，欲将他的身份与成果画上等号，似乎尚有一定难度，需要在传统的思维沟壑中填补大量的内容才能得以链接。或许你会认为，这些内容应当包含着惊天动地的事迹或者感人至深的惨淡经历，但我们在他的事迹中没有发现。五十多年的人生历程中，他只是一步一个台阶地走着，不断地寻找自己的新的空间，生活平淡无奇，家庭和谐稳定，心态波澜不惊。或许正因为如此，他的经历才能够给予更多的人以启迪，让不同层次的处在迷茫与焦虑中的现代人找到某种身份的契合和人生追求的借鉴。

曾经担任昌邑市委书记的邢培彬这样评价：他是一个纯粹的“好人”，谦和厚道、诚信担当。他的企业是百分之百的民营企业，完全依靠自己的努力成为行业龙头；他有自己的人生境界，企业做大做强以后，默默地做着那些造福社会的事情，无怨无悔；他孜孜以求，从不停歇，做污水处理、做苗木、做垃圾处理等这些环保事业，没有利益驱使，也没有人要求，完全是发自内心地想做，而且能做成。他浑身充满了“正能量”，有中华民族传统美德的体现，有现代企业家社会责任担当的体现，有对事业的执着精神，也有对未知领域探索的精神。他是我们这个时代所需要的楷模。

如果你出身贫寒，正在抱怨环境的不公，慨叹自己缺少人脉资源，难以取得成功，他的经历会告诉你，踏踏实实地做人，认认真真地努力，寻找到自己的独特路径，就能得到丰硕收获。

如果你积累了财富，拥有了自己想要的生活，却忽然发现心灵无所归依，未来无所适从，他的经历会告诉你，你的梦想可以更高远，你的人生可以更有意义，只要有所担当，有所追求，你接下来的路会走得踏实而坦荡。

如果你遇到了困难甚至走入瓶颈，在困顿中灰心失望，他的经历也能告诉你，在这个世界上，只要有问题，就一定有相应的解决办法，关键是你不能故步自封、循规蹈矩，也不要拘泥于模仿学习，必须拓宽思路，敢于创新，从不同的角度寻找最佳的前进途径。

……

他有自己独特的生活之道和创业之道，有自己的企业管理之道，有自己的科学研究之道，也有自己的为人之道……而这一切，可以归结为四个字：大道至简。

他也有自己的处世哲学，与世无争，与人为善，心怀众生，淡泊名利，这种境界没有伴随着什么口号，也没有什么雄心壮志的包装，只是发自内心的淳朴的一种善，正是这种善成就了他的大德。

大道至简，大德至善。这该是对他另一个层面的评价。

他是刘国田。山东潍坊金丝达实业有限公司董事长，第十二届全国人大代表，2011 年度“中国好人”，山东省节能减排协会会长，曾经的“印染大王”，后来的“苗木大王”，如今的“环保专家”。

我们面前的刘国田，只是一位身材魁梧、面容慈善、说话慢声细语、笑容可掬、低调而淡泊的男人。在他的身上，我们看不到成功企业家的志得意满，也看不到发明家的高深莫测，我们看到的，就是一位带着浓厚传统色彩朴实善良的农民形象，但在他的谈话中，偶尔会透出与众不同的感悟和漫不经心的幽默，从而让人体味到他的睿智和豁达。

这部作品，就讲刘国田的故事，从一个小木匠到一名掌握国际领先环保技术的普通农民的生命历程，一段朴实无华但充满着时代正能量的人生之旅。

第一部　跋涉者

——从小木匠到“印染大王”

追索的目光
始终都在遥远的远方
跋涉的脚步
坚实地把梦想丈量
那些坎坷与沉浮
就在回望中化作人生风景
只因天高地广

孟子说：“天将降大任于斯人也，必先苦其心志，劳其筋骨，饿其体肤，空乏其身，行拂乱其所为，所以动心忍性，增益其所不能。”

这句话已经成为许多成功者的励志名言和失败者的心灵鸡汤。就前者，说明每一位成功者的背后都曾经历过艰辛与磨难，而对于后者来说，失败的挫折需要心灵鸡汤的抚慰，更需要自我调节与正向努力，“增益其所不能”之后，才有可能担当“大任”。因为，“苦心志”“劳筋骨”“饿体肤”者众，最终担当“天降大任”者寡。从逻辑学上来说，这是个必要条件，不是充分条件。

我们的主人公刘国田，用他自己的人生经历告诉世人，一次挫折和打击，能够让脆弱者更脆弱，也能让坚强者更坚强，怨天尤人只能消解意志浪费生命，而假如你能怀揣着梦想坚定跋涉，那就可以“增益其所不能”，最终拥有成功的荣耀。

这或许就是当今使用频率颇高的那个词——正能量的意义。

一　命运的捉弄

山东昌邑，位于山东半岛西北部，潍河下游，莱州湾畔。秦时设县，宋朝定名，有两千两百多年的建县历史，史称鄑邑、都昌。1994 年撤县设市。这里是著名的“中国丝绸之乡”“华侨之乡”，新时期以来还获得过“中国超纤产业基地”“中国北方绿化苗木基地”“山东省铸造业基地”“山东省区域经济协调发展示范县”“国家级苗木交易市场”等诸多称号。

春秋战国时期，昌邑属于纪国，其时称鄑城。后齐国灭纪，改名都昌，“三齐巨邑”，为齐国七十二城之一。昌邑地处渤海湾弧形海岸线的最南端的位置，是离古官道最近的沿海荒滩，易于出兵，在北部沿海地区又因潍河口而不缺淡水，食盐、淡水鱼以及海产资源丰富，并且地势平坦又无人烟，故被历代朝廷视作军事重镇。

潍河冲积的这片平原，资源丰富，物产丰饶。这里的人们颇有古代齐人的秉性，既侠义豪爽又精明灵活，有商业头脑且讲究诚信，具开拓精神并善于学习创新。因为特殊的地理位置和历史传承，这里一直就有手工业和商业传统。因此，它能成为历史悠久的丝绸之乡，也养育出众多敢于闯荡南洋的传奇商人。

在市场经济不断深入的今天，昌邑人的这种性格如鱼得水，得到了比较充分的发挥，一个个新的传奇也被书写出来。

刘国田，就是一位有着这些地域性格的昌邑人。

失学少年

1971 年的寒冬腊月。山东省昌邑县。潍河岸边。

一名清瘦的十四岁少年背着靛青色的棉布书包走在河边的小道上，衣服单薄，脚步沉重，脸上还留着未干的泪痕。

他穿过叶已落尽的萧瑟树林，踏上黄沙已被冻得坚硬的河滩。宽阔的河床绵延无际，清浅的河面已被冰封。这清冷的河床似乎更衬托出少年的不快。他拿起一块石头，投向一片宽阔的冰面，石头在厚厚的冰面上蹦跳着。这里曾经是他们的乐园。夏天的时候，用薄石块在水面上打出一串涟漪，是他和小伙伴们喜欢的打水漂游戏。但是此刻，独自一人的他，在凄凉的河边，再也没有了当时那种成就感带来的快乐。

就是这天下午，学校的老师把他叫到办公室，说出了一句让他难以接受的话："你不能上高中了。"

他当时并没有明白过来是怎么一回事，木然地望着老师。老师说："初中毕业也不错了，你……"

他冒出一句："为什么？"

老师沉吟一下，似乎希望用轻柔的语音减轻对少年的击打，小声地说："还不是因为你家的成分啊。"

老师们都很喜欢他。他虽然是个调皮捣蛋的孩子，偶尔会弄出一些恶作剧叫人猝不及防，但是他又是一个爱学习会学习的孩子，他学习不是靠死记硬背，他喜欢钻研。比如数学，书本上的题目学会了，他就想办法搜罗一些看起来古怪的题目来研究。尽管那还是“文化大革命”的中期，整个社会处在一个阶级斗争的癫狂状态，但在这样的乡村学校，还是相对平静的，学生们除了参加一些与政治形势有关的活动和学工学农之外，老师们出于朴实的知识分子本能还是喜欢像他这样爱学习有悟性的孩子。曾经有一位老教师慨叹这孩子“生不逢时”，毕竟那不是一个靠知识能改变命运的时代。从这一方面来看，上不上高中似乎并没有什么本质的区别。但是一个十四岁的少年想不到那么多，他只是喜欢上学，能在知识获取和难题解决的过程中找到快乐。所以，他的失落还不是有关命运的那种深刻的痛苦，只是丢失了最深爱的玩具时候的心疼和惋惜。

但他还是哭了。坐在寒风刺骨的河滩上，一个人无声地流泪。家庭成分这东西在他们家里总是讳莫如深的，这是那个年代给人们的标签。或许父母总是希望他能跟别的孩子一样无忧无虑地成长，而且在这样的乡村，几乎家家户户都沾亲带故，大家相安无事，没有那么浓厚的阶级斗争气氛，父母也向来与人为善，亲戚邻里相处融洽，一直以来他从未感受到自己的出身有什么不同。但成分毕竟是那个年代无法逃避的，虽然成分划定的原因与他无关，但在升学、参军、提干等人生的关键时刻，都会忽然跳出来，阻挡他前行的脚步。

后来他才比较明确地知道，自己的祖辈曾经是在烟台有着很大家业的资本家，如今烟台市仍保留的东太平街舞厅旧址就是他们的产业。1945 年 8 月 24 日，烟台解放，东太平街舞厅被辟为烟台市政府大礼堂。1947 年 5 月 23 日，联合国善后救济总署驻烟台办事处美籍职员史鲁域琪，在烟台市纵车轧死黄包车工人杨禄奎，当即被扣押。“联总”驻烟台办事处负责人百般抵赖，激起全市人民的极大愤慨。1947 年 6 月，中国共产党领导下的政府就在这里进行了一次具有重大历史意义的公开审判，判处史鲁域琪有期徒刑两年。这著名的“杨禄奎事件”，宣布了自1840年以来外国人在中国享有治外法权的结束，更加重了东太平街舞厅作为历史文化遗产的分量。这座建筑，至今仍作为烟台市的文物保护单位得以完整保存。

父亲在河边找到他的时候，天已经快黑了，他在河边瑟瑟发抖，流过泪的脸已被冻得生疼。父亲没有责怪他，只是伸出手去拉他，他发狠似的甩开父亲的手，起身走上河堤。

一老一少默默地走在回家的路上，谁都没有说话。

回到家里，已经摆好晚饭等着他的母亲也只是说了一句：“孩子，认命吧。”

他不得不认命。但到了晚上，他还是习惯性地在油灯下拿出书包打开课本，忽然想到自己的学生生涯已经就此结束，他烦躁地将它们扔在了一边。

第二天一大早他一骨碌爬起来，伸手去拿书包的时候，看到头天晚上扔在炕下的散乱的书本，终于抑制不住地哭出声来。

门外的母亲心疼儿子，但不知如何是好，她催促父亲：“怎么办？你想想办法啊！”

父亲叹口气，说：“你说说，上去好几辈子的事儿，跟这孩子有什么关系啊？”

母亲焦急地说：“别说这些没用的了，赶紧想想办法吧。”

父亲说：“家庭出身的事儿，咱们改不了，你还是好好劝劝他吧。”

母亲进了他的屋，坐在炕沿上，慢声细语地说：“你别难受了，难受也不起作用。一年总共那么几个高中生名额，怎么也轮不到咱身上，再说了，初中毕业在咱们农村够用了，你学习好，写字算账都没问题，反正你就是上了高中，两年以后不也是得回来吗？”

母亲说得很有道理，那个年代农村孩子要想走出去，几乎只有参军一条路，对于一个资本家的后代来说，这是比上高中更没有可能的事情，那么他就只能做一辈子农民，高中毕业的农民与初中毕业的农民也就真的没有多大的区别。

也许很多年轻读者难以理解这样的事情，但它确实就在那个年代存在着。新中国成立初期的土地改革，在农村进行了贫农、下中农、中农、上中农、富农、地主的阶级成分划分，从 1954 年开始，我国又在城市实行社会主义改造，将城市中的私营工商业进行定价赎买（称为公私合营），每年付给业主一定的定息，然后将领取定息的人的阶级成分定为资本家。1957 年，反右运动以后，出现了地（主）、富（农）、反（革命）、坏（分子）、右（派）的“黑五类”，“文化大革命”开始后，又扩展为“黑七类”，特指地主、富农、反革命、坏分子、右派、资本家、黑帮七类人。这些人被认为是无产阶级的敌人，是无产阶级专政的对象。在改革开放前，家庭出身成为几代人一出生就被打上的阶级烙印，并深刻影响一生的机会命运。因为从 20 世纪 50 年代后期到 70 年代末期，在计划经济体制下，无论是上大学、毕业分配、招工就业，还是入团、入党、参军、提干等个人发展，都要对家庭出身进行政治审查，而且要查三代(祖辈、父辈、本人)。中国改革开放以后，对“文化大革命”进行了全面的否定，阶级斗争、家庭出身之类的观念逐渐淡漠，“黑七类”后代才有了发展的机会。

但在 1971 年，作为资本家后代的刘国田，属于“黑七类”子女，这一深刻的烙印让他不得不接受面前的现实。

那是中国的学校在冬天升学的最后一年。后来不知道是不是为了让那些落榜的学子不至于在过年的时候伤心，国家将学年的结束改在了夏天。反正他的那个春节过得非常惨淡。听着此起彼伏的鞭炮声，看着家家户户贴上的大红春联和五彩缤纷的“过门钱儿”，每个人的脸上都充满着喜悦，唯有他，躲开那些玩伴，连大年初一三五成群地去给长辈们拜年的乡俗程序他都没有参与，只是躲在屋里，独自伤心落泪。

那是他一生中最痛苦的一个新年，也是父母最焦虑的一个新年。

开春的时候，他开始跟着村里的劳力下地干活了。

但是，他变得沉默寡言，每天只是默默地下地，默默地回家，默默地吃饭。每当回到自己的屋里，看见放在角落里的书包，眼睛都像是被烫了一下，急忙转头去看别处。父母知道儿子的心结很难一下子打开，同时也明白，年仅十五岁的儿子就这么固定了自己的一生，有点可惜，毕竟他聪慧而且喜欢钻研，或许学一门技术会更好一些。

于是，父母找到了在公社当武装部副部长的一位本家哥哥，说明了情况，本家哥哥说："让他去学木工吧。"

聪明的小木匠

过了不久，他被安排到石埠中学的木工组当了学徒。

计划经济的年代，没有市场，许多的工种都是单位自成系统，自给自足。稍有规模的学校因为桌椅门窗制作修理的需要，也都拥有自己的木工组。与面朝黄土背朝天的务农相比，这个工种虽然没有脱离体力劳动的范畴，但它有技术含量，也相对轻松，在当时人们的观念中，也就比普通农民的地位稍微高出一些。

这个小学徒给了木工师傅很大的惊喜。他的悟性和钻研似乎找到了一个特殊的舞台，师傅点到之处，他总能迅速地接受，甚至会从中发现技巧。一开始只给他分派打墨线、解木头之类入门级的活儿。他在做完之后，就立马跟着师傅去打下手，看着师傅把一块块木头分门别类地打卯或者锯榫，最后拼接组合，变成一个凳子或者一件木制教具。这种带有创造性的劳作，让他产生了极大的兴趣。闲暇之时，他就自己弄几块废木头鼓捣，居然做出了一把被他们称为盒子炮的驳壳枪，令人惊讶的是，弹夹之类的部件还能拆卸。师傅说："你这孩子了不得啊，这家伙刷上油漆都能劫道了。多亏学的是木匠，要是学铁匠，你还不得造个真枪出来？那可就要'作大业'了。"

师傅的笑谈带着一种夸赞和欣赏，虽然一个十几岁的少年做一把木头手枪不过是一个小孩子贪玩的表现，这里面也没有特别高的技术含量，但就一位学徒工来说已经是很不错的制作了。因此，师傅便不再按照以往带徒弟的时间程序来要求他，而是根据他的实际情况，传授更多技能，也尽早地让他上手。不久之后，那些木头在经过了他的手以后，仿佛又恢复了生命，修理过的桌椅除了木材的颜色的新旧区别之外，就像是老桌椅伤疤上长出的新肉，也像老树上长出的新枝丫，严丝合缝，浑然一体。

他依然喜欢读书，但那个文化匮乏的时代，连影视戏剧都几乎只剩了八部革命样板戏，在这样偏远的农村，要找到可读的书很难，于是，不管是什么内容的书只要有字儿他都会像得了宝贝一样去读。有一天吃饭的时候，他一边啃着馒头一边抱着一本破旧的书看，木工组的一位师傅说："你小子成天看书，给我们讲讲呗。"

他说："这个又不是故事书，没法讲的。"

师傅："不是故事书你看那么带劲啊？我看看啥书。"

师傅走过去翻开书的封面，居然是一本《建筑学》。师傅纳闷儿："建筑学是泥瓦匠的活儿吧。这东西也能写成书？"

他笑笑："不看不知道，这里面学问大着呢，学会了就能盖大楼。"

师傅大笑，一口饭差点呛到喉咙里："你一个小木匠，还想着盖大楼？咱们县城都是小楼，你上哪去盖啊？"

他腼腆地笑笑："我就是看着好玩儿，也没说真要去盖楼啊。"

师傅说："你这孩子古怪，就这种书，有啥好玩的？又没有打仗的故事，也没有斗地主的故事，有啥意思啊？”

谁也不会想到，这本从学校的某个角落里捡来的书居然伴随了这位少年几年的时间。当然更想不到的是，十年以后，他居然依靠一己之力真的盖起了自己的小楼，十五年后，又给村里盖起了两座楼，而三十多年以后，这本书在他的心里种下的愿望依旧没有泯灭，他又自己设计建造了楼房和高塔……或许按常规的总结，会将此作为他拥有远大理想的一个证据，证明一个“有志者事竟成”的观点，但是我们并不这么认为，事实上，这只是说明了他骨子里有一种对知识的渴望，并且伴随着一种想去尝试的愿望和敢于尝试的魄力。因此，在他的心里，似乎并没有什么一直存在的梦想，他只是带着一双永远好奇的眼睛，不断地发现着新的空间，当他把一个空间的风光了然于心，又全身心地投入到另一个空间之中，继续追寻探索。似乎正应了屈原的那句话：路漫漫其修远兮，吾将上下而求索……

一年半之后，他出徒成为石埠中学木工组的一名真正的小木匠。他一干就是两年，踏实但有灵气，也常有些出人意料的举动。

有一天，他在回家的路上遇到一位修秤的老人，便饶有兴趣地蹲在一边儿看。老人见这个小伙子如此专注，便一边修秤一边讲解秤杆秤砣的平衡原理以及修理之后的校准方式等等。想不到的是，他跟了老人几天，回到家里找出断了秤杆多年不用的一杆废秤，三下五除二就恢复了它的功能。父亲母亲非常讶异：“这个学木匠的孩子，啥时候会修秤了？”当然也少不得跟邻里谈论显摆，那以后的一段时间，家里就经常有需要修理的秤送来，他也来者不拒地仔细修理。修秤，居然也成了小木匠的一个业余爱好。

历练中成长

1974 年的春节过后，他被派往胶莱河“出夫”，这是失学少年人生中的一次磨砺。

所谓“出夫”，就是被派出去做临时性的修建、运输等工作。丁玲《太阳照在桑干河上》曾有这样的叙述：“不知怎么搞的，连暖水屯的人谁该做甲长，谁该出钱、出夫，都得听他的话。”吕剧《李二嫂改嫁》第六场也有唱段说：“张小六出夫走了好几个月，也许她忘了张六爱上了俺。”20 世纪六七十年代，每到秋冬农闲时节，上级便按照统一安排抽调壮劳力“出夫”，很多的大型工程，如修渠、筑坝、挖河、修路等，都是通过这种方式完成的。

那年的正月初五，十七岁的刘国田背着包裹跟随队伍出发了。带上行囊离开村庄，像个男子汉一样出发，投入到轰轰烈烈的大会战中去，对他来说更多的是一种新奇和荣耀。

他穿着过年置办的新衣服和新皮鞋，同行的爷们儿都笑他不像是出夫倒更像是去相亲。他只是憨憨地笑，内心里压抑不住的兴奋完全可以消解这些揶揄的玩笑。

胶莱河上的那个料峭的初春，完全是一副热火朝天的场面，红旗招展，标语遍布，壮劳力们甩开膀子，刨开冰冻的河床，把大块大块的泥土装上手推车，小跑着推向河堤……冬天似乎也流连于这种如火如荼的景观，迟疑着不肯离开，常常大雪纷飞，冰冻深度依然不减。刘国田早已脱下了新衣新鞋，穿的是统一发放的心仪已久的胶鞋和平日里劳作时的单衣。他的任务是把别人挖出的泥土块搬上小推车。因为冰冻的缘故，那些泥块又大又沉，十七岁的年纪虽有蛮力，但仍算不上壮年，所以，尽管天寒地冻，但身上的单衣依旧热气腾腾，只是稍有停歇，一阵风吹来便是刺骨的凉。

年轻人如果不是曾经养尊处优，常常比较容易适应艰苦的环境，有时候一点点好处就能让他们得到幸福的感觉。刘国田能够坚持的一个因素就是吃饭，一天四顿白面馒头加上香喷喷的大锅菜，在一直粗茶淡饭的十七岁农村少年那里就是吃不够的美味，也就是这美味支撑着他。五十天的大会战时光下来，他的手掌里磨出了老茧，但是人变得强壮了，而且，胖了。

回家的时候，已经到了春暖花开的时节，他又换上新衣新鞋和几个年轻的伙伴坐在马车上，说说笑笑，颇有一种得胜回朝的豪情。孩子毕竟是孩子，当看到一辆货车驶过的时候，他们打赌谁能爬上去搭车，结果刘国田率先爬了上去，汽车加速，把伙伴们落在了路上，正当他得意的时候，汽车又驶离通往家的道路，转弯去往另外的方向，得意刹那间转为慌神儿，他急忙跳车，由于车速过快，惯性使得他摔在地上，手心的老茧蹭破了皮，衣服破了，新鞋子也破了，身上脚上都受了伤，好在身手灵活，并无大碍……原本在少年心目中一次辉煌的经历，就因为调皮而写成了这样一个惨淡的结尾。后来他常说，古诗中说的“人生得意须尽欢”不可取，还是老话说的“人欢无好事”更有道理，所以，得意万不可忘形。

“出夫”的兴奋随着养伤的过程逐渐淡去，他又陷入了无所适从的迷茫。在没有市场的年代，你即便有一身本事，那也得找一个单位，否则很少有什么发挥的空间。于是，他去过冷藏厂，到过海滨虾厂，都是木工组的成员，然而，一个农业户口也决定了不管到了哪里，只能做临时工。还有最重要的一点，就是资本家后代的身份，像一具长在身上的盔甲，一直沉重地压着这个年轻人，让他活得小心谨慎，不敢乱说乱动，而这种从小维持的状态后来潜移默化地形成了他一贯的性格，憨厚老实，沉稳淡泊，与人为善，不计名利。

独自远行

在昌邑下营第一冷藏厂做临时工的那段时间，他收获的是两位年龄相仿的好友，一个是维修机械的胡明恩，一个是电工张明泉。三个小伙伴各有所长，感情甚笃，一起吃一起住一起玩一起琢磨事儿，谁也不曾想到，几十年后他们又走到一起，自发地担负起科学研究的重任，居然成就了“三个臭皮匠赛过诸葛亮”的传奇。

1978 年冬天，党的十一届三中全会召开，“改革开放”的战略方针迅速传达到了中国的各个角落。虽然在遥远的昌邑农村，人们的思想观念的改变没有我们想象得那么迅速，一切似乎还在按照原有的轨道前行，但是对于从来就不安于现状的刘国田来说，每一点新鲜的信息都可能产生一种刺激。他希望看到外面的世界，他想知道潍河岸边的这片土地之外的天地究竟是什么样子的。这在他周围的人看来似乎有些异想天开，但他最终还是出发了。

他知道自己的舅舅在贵州的贵阳当干部，虽然很多年才回来一次，但是他跟舅舅有着很深的感情，而且舅舅曾经让刘国田长大后去贵阳找他，不管那是不是大人们的客套之辞，反正他是信了，并且软磨硬泡地让父母放行。那是一段艰苦卓绝的谈判过程，也许父母不愿意他去舅舅那里给人家添麻烦，也许父母不放心他自己跑那么远的路，也许是考虑到他出一趟远门会多出来不必要的花销，也许这几方面的原因都有，总之，他们就是不答应他的要求。在冷藏厂，他和几个伙伴反复商讨能说服父母的办法，但最后又总是自我否定成馊主意，他也跟朋友们憧憬着很精彩的外面的世界，但此时此刻，却像一首歌里所唱的，“外面的世界很无奈”。

父母毕竟是心疼儿子的，尤其是当他们感觉到儿子的那份渴望不是简单的阻止可以浇灭的时候。他们毕竟还是见过世面受过教育的人，也懂得让年轻人闯荡闯荡的益处，而且，他们认为儿子到了舅舅那里，或许能找到发展机会。于是，刘国田带上家里所有的积蓄，出发了。

1979 年的冬天，从昌邑到贵州还是一段跌宕起伏的路程：从昌邑搭车到潍坊火车站，从潍坊坐火车到郑州，从郑州转车到武汉，从武汉才能直达贵阳。

绿皮火车在现代人的观念里已经成为慢生活的美好回忆，承载着许许多多的浪漫与温馨。但当年的实际情况完全不是这样，那是拥挤得无处下脚的沉闷空间，处处洋溢着体味、汗味、脚臭味以及各种劣质食品散发出来的味道。

年轻的刘国田完全沉浸在一种兴奋之中，看到的一切都充满着新奇，但在往贵州赶路的途中，他只是目不暇接地看着沿途的一切，还不能留下来仔细欣赏某一处的景观。在他的心里已经记下了一座座希望更加仔细地去感知的城市和一处处希望更加仔细地去揣摩的风光。

在贵州的生命感悟

在贵州的许多记忆已经相对模糊，刘国田只记得舅舅是一个集装处的干部，分管的是运输的车队。或许在那个仍旧是一个萝卜一个坑的计划经济年代，找一份工作赚钱并不是那么容易，或许舅舅得到了父母的授意，或许还有什么不得而知的原因，舅舅并没有给他找工作，而是任他在车队里随心所欲地玩儿。

他至今还记得一位姓纪的老司机，曾经参加过抗美援朝，每次出车都喜欢带他一起，给他讲当年的战争经历，也教他汽车驾驶和维修的技术。

那是“天无三日晴，地无三尺平”的贵州山区，汽车常常就在陡峭的悬崖边坎坷的山路上艰难行进，每到这时，他都能看到纪师傅的从容淡定，似乎是在悠闲自在地享受这种艰难险阻。纪师傅告诉他，在朝鲜战场上，同样是行走在山路间，但道路更狭窄陡峭，并且伴着飞机大炮的袭击。从战场上捡回的这条命，似乎已经不知道什么是害怕，或者说根本就没有什么可以让他胆怯的了，而正因为如此，也就在这山路上走得坚实而平稳。

年轻的刘国田还不能深切地感悟这种经历过生死之后的无畏境界，但是在此后的人生历程中，每每遇到过困顿与绝望，他都会想起这位老司机，想起在山路上行走的汽车，继而平和心境，勇敢面对。

另外的一个收获就是：他学会了汽车驾驶，并且了解了一些汽车的工作原理和简单的维修技术。

悠长的归途

我们常说：事与愿违。

刘国田的这次出行似乎就是要验证这句话。拿走了家里的全部积蓄去贵州赚钱，却只是跟随司机们玩儿，居然也没再考虑找工作的事。他只觉得一下子天广地阔，仿佛一个神奇的世界就在面前打开，目不暇接地捕捉和探求，却越来越大，越来越丰富。

几个月以后，他踏上归途，当时已经把从家里带来的钱花完了，只好又借了舅舅的钱。他没有按原路返回，而是从贵阳坐车到了桂林，流连于甲天下的桂林山水间。那奇异的景观仿佛来自天外的某一处，美得极不真实。几天以后，他又从桂林乘车去了杭州，从“甲天下”的“桂林山水”投入“人间天堂”的怀抱，在美丽的西子湖畔，在刚刚重修的岳飞庙前，他感觉又进入了另一个天地。而几天之后从杭州进入上海，当时中国最繁华的大都市，虽然如今回想起来，那些所谓的“高楼大厦”

“霓虹闪烁”“车水马龙”已经不足为奇，但在彼时，确乎让他感到了震撼和自我的渺小。在著名的上海外滩，一座座只在图画上见过的建筑就在眼前，在黄浦江畔，一艘艘大大小小的轮船驶过，都让他感受到一种难以言说的奇异。从上海坐船去往青岛，两天两夜的航程中，他看到了什么是海天一色，什么是沧海一粟。在青岛，他又毫无顾忌地游览了其实离自己家乡并不遥远的这个美丽滨海城市，等到买完了青岛至潍坊的车票，才蓦然回到现实：借舅舅的钱已经花光了……

回到潍坊，虽然已经身无分文，但他并没有任何的担心或者不安，只觉得自己内心充盈、兴奋异常，他可以徒步走完这几十里的路程，像一个荣归故里的战士，或者是身价不菲的富翁，去面对自己的亲人和伙伴。

他说，这一次游历，让他眼界和心胸一下子变得开阔，对“见识”这一个词有了全新的认识，即便没能在心里装下世界，但起码已经装下了大半个中国。

贫穷的“富翁”

徒步、搭车，终于辗转回到了久违的村庄。

当他推开家门的时候，父母都惊呆了，他们以为儿子已经在贵州找到了工作，可能一时半会儿不会回来，而刘国田没有让舅舅给家里写信或者拍电报，也只是因为自己根本就不知道归程的时间到底是多久。

身体的疲惫并不能掩盖住这位年轻人心底的那种快乐与兴奋，他眉飞色舞地跟父母讲述着自己的所见所闻，讲述着自己悠长而多彩的归途，而父亲的一句问话让他不知所措。

父亲问：“光听你出去玩儿了，赚钱了吗？”

他一下子语塞，吞吞吐吐地说：“我回来的路费还是借舅舅的呢。”

父亲很生气："你不是说出去赚钱的吗？把家里的钱花光了不说，还借你舅舅的钱，咱拿什么来还啊？"

他说："我自己挣钱还还不行吗？"

父亲叹道："你能挣几个钱？怎么这么不懂事呢！"

很长一段时间，他都是在家人的责备中度过的。但是这并不妨碍他私底下的那种富裕感和向伙伴们炫耀自己的经历。回到冷藏厂，在几个要好的工友中间，他仿佛就是见过大世面的大人物，毕竟他几个月的经历能够让他们听得入迷，并且羡慕不已。在他的描绘中，外面的世界广阔而奇异，精彩而刺激，这样的经历对于像他们这个年龄生活在闭塞空间里的青年人来说，是多么宝贵的一种财富啊。

事实上，这件事情充分体现出刘国田的金钱观：钱无名无姓，本不属于任何人，如果你拥有了并且将它储存起来，它不是一沓纸就是纸上的一个数字，只有花出去的时候，流通起来，才能体现出它的价值。他看重的正是金钱的这种价值，所以不会悭吝地积累、对着数字去感受拥有财富的快乐，而是愿意将钱花到有用的地方，让它产生实际的价值。正因为如此，在他拥有了财富以后，他为家乡造福，为职工和百姓扶危济困，投入巨资建立苗木市场和苗木博览园，造福社会，如今又不吝巨资进行垃圾处理系统的研究，力图改变世界、造福人类……

很多人以常规的思维去考量他的做法，往往觉得难以理解，但当我们将其放在他所认为的"金钱价值"的标准之下时，便能够真正理解他的思想和行为。

"不安分"的"折腾"

如果让刘国田的朋友给年轻时期的他一个评价，那应该是"多才多艺的能人"。这个学木匠的小伙子，几乎见啥就能会啥，处处显示出他的聪慧和钻研劲儿。

而如果让刘国田的父母给年轻的他一个评价，估计“折腾”俩字最合适了。他去了一趟贵州，把家里的钱花完了不说，回来还得再要钱寄给舅舅，以偿还返程的路费。你老老实实回来也就罢了，还玩了半个中国。当然这不是最要命的，要命的是他在 1983 年居然自己盖了一座二层小楼，而这座小楼让他背负了三万元的债务。三万元，在那个时代背景下，相当于一位普通工人几十年的收入总和，对刘国田一家当时的收入来说，简直就是天文数字。为此，父亲非常生气，但他还是跟父亲说他保证能很快赚钱还上债。

对父亲的承诺，其实只是一种宽慰，他自己真不知道这个天大的窟窿用多少时间能填上。一个人的时候，也感觉到了巨大的压力，就像一个贪玩的孩子，在冬天的野外点燃一片枯草，原本只是一个小小的乐趣，谁曾想，一阵大风吹来，大火蔓延，变得无力扑灭。那个时候，他的内心里就有这样的一种无力回天的恐惧，但是又不得不面对。

如果让我们来给年轻时期的刘国田做个评价，那应该是“不安分”。他总是不安于自己的现状，想方设法寻找着新的领域去安放自己躁动的心，而这种“不安分”，也成为他不断转换角色，在不同行业实现人生突破的强劲动力。

他曾经去过一个海滨养殖场，虽然工资比较高，但是人迹罕至，这样单调寂寥的日子让他难以承受，于是辞职回家当了个体户，自己成立木工组，带十几位徒弟干木工活，还组建了自己的预制厂。他也曾经到生产队当负责人，还在 1987 年当了村织布厂的厂长。

也许是当年自学的建筑学持续作祟，虽然盖楼欠下的巨款还没还清，但他依然借着自己做木工的功底和做预制厂的便利，又加上自学建筑学的信心，自己设计自己施工，硬生生地又给村里义务盖起了更高更大的两座楼。尽管这一壮举引来乡亲们的赞叹，也得到了村领导们的夸赞，但是，他自己盖楼那几万元的欠债还是无法痊愈的一块心病，毕竟他刘国田从来都是说到做到讲究诚信的人，连人情都不愿欠别人，更何况这么多的债务呢？他做厂长的工资每年不过一千多元，当时已经成家并有了自己的女儿，既要养家糊口又得还债，这样的收入无疑就是杯水车薪，于是，他下决心辞职。

这次辞职，其实很能说明他的品德。即便织布厂是一个村办小厂，但毕竟有着很大的利益，作为一厂之长，如果心眼儿稍微活泛一点儿，其收入就不仅仅是一个月百十元那么多了，也就没必要在三万元外债的压力之下另寻出路。但刘国田说，是他原本的金钱观导致了欠债的结果，不得不去刻意赚钱，但正所谓“君子爱财，取之以道”，他相信以自己的能力足以获得财富。

也正因为如此，在后来的经营过程中，他始终不欠别人的钱也不欠国家的钱，不偷税漏税，不做任何道德法律准绳以外的事情，反而为政府分忧，替父老乡亲着想，将自己获得的财富不求回报地奉献给社会。

涉足“军工产品”

跟刘国田接触，最令人佩服的是他谦恭态度下的那种无畏的自信。在他的眼里，几乎没有不可能做到的事情，甚至没有不敢去尝试的事情，而这种自信绝不是无知者的无畏，而是由于他的那种“大道至简”的思维方式，往往能将最复杂的技术难题，用最简单的方式解决掉，而且还卓有成效。

他刚当织布厂厂长的时候，还有一件颇令人惊叹的事情。

有一位亲戚，是部队的干部。有一次这位亲戚回到老家，说起一个难题，那就是他们兵工厂需要的一种炮弹引信找不到相应的加工者，因为这种引信要求非常精密，而且必须是一种丝织物，所以这位亲戚就回到号称丝绸之乡的昌邑老家来搜罗原材料。

当时的村里人已经把刘国田看成无所不能的大能人了。有人说："刘国田脑子灵，找他试试呗?"

那位亲戚颇不以为然："这哪是谁都能做出来的？现在全国只有两个地方能做，他能盖楼，还能上天了?"

刘国田却偏偏不信邪，在他的字典里完全没有"做不到"这三个字。于是，他就留下亲戚带来的引信样品和两张纸的制造标准，在没有任何材料，没有任何现成设备的情况下，仅仅一个月的时间，就用自己制作的机器设备，造出了那种炮弹引信。

当他把样品送到亲戚那里的时候，亲戚开玩笑地说："你还真造出来了?"

刘国田憨笑着说："你看看能用不?"

其实刘国田明白，这位亲戚虽然看到了产品本身，但并不相信它真的能用，而是将其看作一个模仿得非常逼真的模型而已，就仿佛他当年用木头雕刻而成的那把手枪。

因此，他坚持让亲戚去做鉴定。而等兵工厂的两位工程师反复鉴定的结果一出来，那位亲戚不得不对他刮目相看了，完全可用，而且非常完美。

在后来的几年间，他的织布厂也成了一个的小型"兵工厂"，并作为全国专门生产这种炮弹引信的第三家工厂，以产品100%合格的业绩，得到了部队首长的表彰，刘国田还被破例受邀去参观了那一家真正的兵工厂。

可惜，这种颇有吸引力的工作没能做得太久，后来那家兵工厂撤销，织布厂的这项颇有些传奇色彩的"副业"也从此结束。

二　创业路上的绝处逢生

昌邑是历史悠久的丝绸之乡。从周朝时起“养蚕织帛，捻线就织”，迄今已有三千多年的生产历史。明万历年间编纂的《莱州府志》，其“物产篇”中记载该地产“丝、棉、麻、绢、布、山茧绸等”，距今也已有四百年历史。清朝康熙年间，祖籍昌邑、任“苏州织造”达三十年之久的李煦，将南方先进的纺织技术和经验带回昌邑，与本地的地理资源优势结合，成就了昌邑“丝绸之乡”的美名。

良好的丝织传统成为新中国成立后昌邑纺织业坚实的发展基础。20世纪80年代“鲁棉一号”的研制成功使山东成为产棉大省，昌邑也顺理成章地开始发展纺织、印染业，有些乡镇企业开始做起了外贸加工。

由于当时的市场处于供给严重短缺时期，刚刚从布票供应中“解放”出来的市场什么都缺，昌邑的印染业就此完成原始资本积累，开始蓬勃地发展起来。

艰辛的启程

从织布厂辞职之后，苦于找不到有效的赚钱门路偿还外债的刘国田，也看到了印染行业的前景，并在1988年加入到这一行列，只是最初他的印染厂只有四个人：刘国田和他的弟弟、妻子，还有一位邻村的谭旭东——如今已经是金丝达集团的副总经理。

决定要做印染的时候，他只是看到有人在这一行业获得了利润，并不懂得其中的技术。因为在此之前，他虽然是资深的木匠，自学过建筑学，盖过楼，去贵州学会了开车，一些汽车以及机械上的问题也能解决，还无师自通地制造炮弹引信，甚至干了几年接近这个行业的织布厂厂长，但跟印染本身没有产生过任何瓜葛。

但他坚信那个时代流传甚广的一句话——“世上无难事，只怕有心人”，在他的字典里，只有做与不做，没有能做不能做。

自己不懂总有人懂，于是他就寻觅懂得印染技术和能够真心帮助他的人。

他找到了一位毛巾厂的技术员做技术指导。

而谭旭东原本是大队的会计，当时因为家里盖房没有出去做活儿，听说有人搞了一个印染厂，邀请懂会计的他加盟。当他得知这人是刘国田的时候，就答应了，因为他知道刘国田做炮弹引信的故事，佩服刘国田的聪明和钻研劲儿。

谭旭东到了刘国田家才发现，这根本不是什么印染厂，只是个作坊，而且就是一个家庭作坊，但是他就认定了刘国田是个研究什么都能做出名堂的人，所以依然决定干下去。

那是一段艰苦的日子。因为是刚刚起步的小作坊，他们不能挑客户，哪家纺织厂需要就给哪家厂染线，也许正因为如此，他们能够在别人的空隙里找到自己的生存空间。

每天上午，刘国田的弟弟骑摩托车去采购，下午他们染线。大锅里滚动着色彩，四台洗衣机里转动着渴望，而院子里晾晒的就是几个人对未来的七彩梦想。黄昏时分，他们就出去送晾干的彩线。当时，他们花两千元钱买了一辆报废的汽车，刘国田用这样的顺口溜描述：“外国车，中国件儿，光加油，跑不快，绳子捆，铁条绑，实在不行上撬杠……”车的轮胎慢撒气，每天早晨得先打气，还要加汽油、机油和水，紧螺丝，用摇把摇着打火，才能出发。汽车在半路上抛锚也是家常便饭，而每到此时，刘国田的汽车技术便派上了用场，因此，车上需要带着各种各样的修车工具。更严重的是，这辆磕磕绊绊行走的还是无牌车，驾驶员也没有驾驶证，这是自己无法解决的问题，为此，刘国田还有另一段顺口溜：

"人无证，车无牌，一上公路就罚钱儿，实在不行走沟沿儿……"

有一次，刘国田开车，媳妇押车，他们去卜庄镇大闫家送货。回来的路上，车抛锚了。刘国田急忙下车查看，车轴居然掉了出来。纵然车上带着各种工具，但那都是小打小闹的工具，对于这样的"重大故障"无能为力。他说他记得那个晚上天黑得很奇怪，没有星星也没有月亮，像凝固的墨汁一样黏稠的黑，随身携带的手电筒似乎也照不出几米远。这是个前不着村后不着店的地方，都没法测定离得最近的村庄是在哪个方向。他跟妻子商量，由妻子守着车，他去附近的村里找工具，妻子说她害怕，在这黑漆漆的夜里，让她孤身一人等在这里，说不害怕是假话，但是总不能就在这荒郊野外静静地等到天亮吧？他还是狠狠心出发了。

刘国田拿着手电筒走了，跌跌撞撞磕磕绊绊地找到了村子，又想办法找到村里人问清哪里才能借到工具……折腾了整整一夜。

等他借到工具赶回去的时候，天已经亮了。妻子瑟瑟地坐在车里，看到他的身影，恐惧、委屈、寒冷、担忧等复杂的情绪一下子涌上来，就哭出了声。

他和谭旭东都还深刻地记得 1988 年 12 月 31 日夜晚，他们去滩河东的杨家庄的一家毛巾厂送线，回来的时候，为了能早点回家，他们抄近路走河滩，没想到车陷进了沙里无法前行。

那是个寒冷的夜晚，河滩上的风非常大。汽车不是不能启动，就是启动后转动的车轮将沙子高高扬起，反而将自己陷得越来越深。他们把车上的篷布垫在车轮下，依旧无法挪动一步。

哥儿俩在深夜的寒风里有些不知所措，他们钻进驾驶室点上烟。那里面其实只是能避风，根本不能御寒，这辆破车是根本就没有暖风的。眼看着已近午夜，刘国田说："看来咱们得在这里迎接 1989 年的到来了。"

谭旭东说："都这时候了你还有心思开玩笑。"

刘国田笑笑："不开玩笑咋办？哭能把车哭出来的话，我就在这使劲儿地哭。”

身体健壮的谭旭东说：“要不，再发动起车来，我再推推试试?”

刘国田摇摇头：“试了好几回不行了，就不能再费力气了，要不咱就再想想还有没有别的办法，要不咱就等着有人来帮忙。”

谭旭东说：“我知道没有啥事儿能难住你，这会儿是关键时刻，抓紧调动你那聪明脑袋想办法啊。”

刘国田说：“我看到过一句古话：知不可奈何而安之若命。”

谭旭东没明白他这句古文：“啥意思?”

刘国田说：“就是有些事儿，你明明知道没办法了，就认命，不能强求。我看到这句话的时候，就想起当年退学的事儿了，成分高那是上辈子带来的，哭也没用，闹也没用，那就只好认命……”

哥儿俩在深夜寒风呼啸的河滩上，就这么聊着，忽然发现远处有一道亮光。两人一边呼喊着一边跑过去。那道亮光却急匆匆地跑了起来。

刘国田喊：“等等，不是坏人！请你帮帮忙!”

那人确认这两人不是坏人，停下来说：“这半夜三更的，吓死我了。”

原来，那个人刚下了夜班，连夜往家赶路，本来黑灯瞎火的就有点害怕，忽然从河滩上冒出俩影儿追他，魂儿都吓掉了。

多了一人果然就多了一分力量，刘国田发动了汽车，那位路人和谭旭东在车后推着，几次尝试，汽车终于冲出了沙坑。

三个人坐在车里开心地返回的时候，已经到了 1989 年的元旦。

1988 年的下半年，刘国田赚了一万多元钱。

又入低谷

1988 年的冬天，刘国田决定承包濒临倒闭的黄辛印染厂。

当时的承包费是三万元，刘国田虽然靠原来做木工和家庭印染作坊赚了一些钱，但那都用来偿还几年前盖楼的债务了，他手头并没有任何的余钱。但也许正是这偿还的过程，给他积累了信誉，而且四里八乡的乡亲们几乎都知道刘家车道村有个“能人”刘国田，老实厚道但聪明能干，也像他的老伙计谭旭东一样，相信他一定是能成大事的人。

他首先找到一位家里有些积蓄的公职人员，对方答应出一半的承包费1.5万元，那么，另外的1.5万元就需要刘国田自己去借了。他找到了一位烧窑的朋友，开口就说要借1.5万元，保证在一年之内连本带利地归还。这位朋友爽快地拿出钱给他，这种爽快的信任，让刘国田心里头沉甸甸的，他知道，自己无论赚钱赔钱，都得在规定的时间内归还人家，要不然对不起这一份信任。

黄辛印染厂又开工了。

那位公职人员虽然是当然的合伙人，但是刘国田事先跟他有个约定：虽然各出一半资金，但是厂子不可能两个人同等权力，必须有真正的领导者。那么，刘国田既然全面负责，合作方对经营管理权和财权不能做过多干涉。刘国田说这样的约定看起来似乎有些霸道，但是一个企业必须有一个“大权独揽”的决策者，否则就会失去很多的机会，甚至会像寓言里所讲的那样，天上飞的地下跑的各自往各自的方向拉，最后是力量互相抵消，无法前行。

当然，这还有赖于合作方的绝对信任。对方没有任何异议，等于投资给刘国田的企业，让他独立自主地去经营这家印染厂。

凭着刘国田的头脑，黄辛印染厂很快走上了正轨，但是，一家企业的运转毕竟不同于低成本的家庭作坊，从亏损到获利是一个相对漫长的过程。当他牵引着这个企业爬到一定高度的时候，已经到了1989年的夏天，因为一场特殊的政治风波，让中国的纺织业由于世界的制约而跌入低谷。

昌邑的印染企业举步维艰，而刘国田接手的这家印染厂，更是因为尚未打牢根基而难以为继。

当时，有一位从新中国成立前就做过账房先生的老者，主管厂里的财会工作。一天夜里，老会计来到刘国田的办公室，轻声地说："厂长，我们已经走不动了。"

正在因为各种订单取消而苦恼的刘国田一时没有回过神儿来，问："什么走不动了？"

老会计说："就现在的状况，转一天赔一天，账上已经没钱了。"

尽管曾经欠下当年认为是天文数字的巨款，尽管在人生成长的路途上经历过各种各样的磕磕绊绊，但是，这个时候，他忽然就有了一种大厦将倾无能为力的感觉，毕竟这是第一次独立执掌一家工厂，毕竟厂里还有那么多信任他的乡亲四邻等着他发工资吃饭……

于是，他的头脑中只是反复闪烁着那三个字：怎么办？

往前走，不只是继续赔钱那么简单，而是难以为继的无米之炊；往后撤，那也不仅仅是赔掉承包费那么简单，一段时期的企业运转费用都要打水漂儿。

他点上烟，大口地吸着。沉吟良久，问："有什么办法没有？"

老会计说："有一个冒险的办法。"

刘国田从来就不怕冒险，只要是办法，他认为自己就能够找到出路，于是继续问："什么办法？"

老会计说："现在的财务状况保密，继续投入资金，让企业运转起来，再考虑摆脱困境的办法。这是破釜沉舟之计，有很大风险。"

刘国田闻听，觉得有道理但是没意义，他要是有钱继续投入，那就不存在困境问题了。所以他说："我要是有钱，还用得着这么费劲？"

老会计笑笑："厂长有钱，可能您自己并不知道。"

刘国田有点儿烦躁地说："别这么神神道道的好不好？我有钱我还不知道？难不成是你偷偷给我窝起来的？都这时候了，你还有心思开玩笑。"

老会计说："不是开玩笑，是真的。您这个人就是钱。"

刘国田忽然就对他这神秘的说法有了兴趣，因为他知道，老会计历经岁月沧桑，有着丰富的人生经验，自己或许真该静下心来仔细听听他的点拨。

老会计继续说："四里八乡的百姓都知道你刘国田的为人，不光头脑灵活，而且仗义守信，现如今你又干起了自己的企业，这个时候你开口跟谁借钱，估计不会有人害怕你不还。而一旦有了运转的资金，我也相信凭你的聪明才智，总能找到厂子的出路。这是一个坎儿，退回去可以，但可能就很难再爬起来，而如果跨过去，那就能继续往前走了。"

刘国田似乎一下子茅塞顿开。

去冒一次险，这是他的性格。

儿子出生

1989 年的 7 月 5 日，农历六月初三。刘国田的儿子出生了。

尽管他有着与一般农民不同的思维和观念，但儿子的降生仍然给了他极大的喜悦，已经有了女儿的他从此儿女双全，这或许应当算作人生的另一种圆满。

特别是在他事业跌入最深的低谷的时刻，或许真的需要某种激励，让他能够振奋精神，勇敢地去面对未来。

在这个"悲欣交集"的时刻，他宣布全厂放假三天。

对于全厂的职工来说，老板的这一举动完全就是因为儿子的出生而与全体职工分享快乐，他们也只是觉得一段时期以来，厂里的活儿少了，却并不知道整个工厂所面临的困境，不知道作为老板的刘国田此时此刻内心里忍受着怎样的煎熬，不知道刘国田肩上的重量已经勒进了骨肉，正经历着怎样的疼痛。

多年的历练让他总能够宠辱不惊地面带平和的微笑，似乎不会有什么让他大悲或者大喜。

那天晚上，他宴请了多年来的几十个朋友。大家都带着诚挚的祝福来分享他的快乐，于是，酒喝得酣畅淋漓，人吵得沸反盈天，天儿热，脱光了膀子喝，颇有些梁山聚义的快意豪情。其中一个人拍啤酒瓶，瓶盖弹起，打进了纸糊的顶棚，他们仿佛找到了新鲜的庆祝方式，纷纷比赛谁能把瓶盖拍弹起来并且能打入顶棚，喊声、笑声借着豪爽的酒气发散开来，充满了欢乐。

那或许是刘国田最放纵的一次，朋友们纷纷祝贺他事业有成儿女双全，他也借着酒兴将这些祝贺和快乐一并笑纳，并且跟他们一起狂欢，谁也不知道，其实他是希望借着这样的放纵把心里的块垒释放出来。

因为朋友们不知道，那天的酒，是赊来的。

从那以后，刘国田戒酒，连自己多年爱好的象棋也戒了。

他知道自己不能沉沦，他得为家庭、为父母妻儿、为厂子里的父老乡亲们担当起来，也得为自己担当起来。

起死回生

儿子的诞生，从某种程度上确实振奋了刘国田的精神。

他按照老会计的点拨，开始了融资。

厂子所在的黄辛村有种梨的传统，那些种植户家里面都有一些积蓄。他找到了一些种梨户，凭着他这些年积攒的人气和一向诚信的秉性，并且答应给予较高的回报，他居然筹得了 17 万元。

与此同时，他发动全厂职工进行了一次集资行动。也是凭借着职工对他的信任和较高的利息吸引，几十万元很快就筹集起来。

他终于验证了老会计的话，刘国田这个人就是钱。但他明确地知道，他之所以“值钱”，是因为他的智慧和诚信，如果这一次不能兑现了所有的承诺，那就真正是一败涂地了。

他必须在整个印染市场疲软的背景下，找到自己的出路。

在营销界，有一个尽人皆知的一个故事：

两家鞋业制造公司分别派出了一个业务员去开拓市场，一个叫杰克逊，一个叫板井。

在同一天，他们两个人来到了南太平洋的一个岛国，到达当日，他们就发现当地人全都赤足，不穿鞋！从国王到贫民、从僧侣到贵妇，竟然无人穿鞋子。

当晚，杰克逊向国内总部拍了一封电报：“上帝呀，这里的人从不穿鞋子，有谁还会买鞋子？我明天就回去。”

板井也向国内公司总部拍了一封电报：“太好了！这里的人都不穿鞋。我决定把家搬来，在此长期驻扎下去！”

两年后，这里的人都穿上了鞋子……

这个故事的启示是：有时候市场就在眼前，只是缺乏发现。

那个时候，刘国田并没有看到这个故事，但是他同样想到了寻找自己的市场空间。他总是在想，即便是国际市场有所限制，那中国还有庞大的人口群，每个人都离不开印染产品，这就是一个巨大的市场，而在这个大市场中，黄辛印染厂只要能占据微小的一点儿，就足够了。

这样的思考给了他信心。那么哪里才是他们的市场呢？经过认真的调查分析，他发现有一种纱线，需求量比较小，对工艺的要求却比较高，大的印染厂不愿意做，小的印染厂却做不了。

这，就是他们的机会。

技术问题完全难不倒刘国田，只要攻克了工艺难关，他们就能够柳暗花明。于是，他又拿出当年做炮弹引信的劲头儿来，只消几天的时间，就从染料选择到温度把握等诸多方面找到了最佳的契合点。

万事俱备之后，他的印染厂重新轰轰烈烈地运转起来。

到 1990 年春天，他们开始扭亏为盈，不仅偿还了债务，还有了几十万的家业。

到了儿子一周岁的时候，刘国田感慨万千，在这一年之间，他经历了过山车一样的跌宕，终于从绝境之中摆脱出来，并且出现了蓬勃向上的局面。假如一年前选择了放弃，那么今天还要在困顿之中想办法偿还债务……

他在内心里除了肯定自己的果断选择和自己的人品价值之外，更充满了感激，感激老会计的点拨，感激周边果农和厂里职工们的信任和支持。或许正是这种感恩之心，让他在后来的日子里，不遗余力地回报着每一个人，又是这种回报，进一步完善了他个人的形象。

有一句俗语说得好：别高兴得太早了。是的，凡事不能高兴得太早。就在他们的印染厂不断创造着利益，走得顺畅的时候，一次分家，终结了这一切。

分家在秋天

《三国演义》开篇说："话说天下大势，分久必合，合久必分。"这句话确乎是有着相当强的典型性，不只是"天下大势"，即使是一个企业一个家庭，也常常是这样。而这个"久"字，也没有什么规定的长度，对于刘国田承包的这个印染厂来说，接近三年，已到了"合久"的时刻了。

在 1990 年，几十万的收入以一个企业作参照可能算不得太多，而假如以家庭来作参照，那就是一笔巨大的财富了。一直主持企业的刘国田会以企业作参照，但他最初的合作伙伴看到当初投入的资金已经成倍增加，便萌生退意。

于是，企业就面临着分家了。

在合作初期，对方给了刘国田百分百的绝对信任，刘国田也就以百分百的诚信来回报。计算下来，当时的家业总共在二十六七万左右，刘国田就当成30万来分，而当时还有6名企业的管理人员，每人按5%的干股计算，相当于他和合作伙伴、管理人员各10万元。但他面对自己一手培育起来正处在上升阶段的企业，还巴望着它有一个更好的未来，所以不会撤退，6名管理人员也不想离开。如此一来，他们支付了合作伙伴应得的份额之后，保全了这个印染厂。

其实，真正的分家过程远没有如今描述得这么简单，毕竟牵扯到利益分配问题，稍有不慎，就有可能产生不公平，伤了和气。尤其重要的是，刘国田担心因为分家而影响到企业的稳定，损耗了刚刚培植起来的这股蓬勃向上的精气神儿，那无形的损失就大了。因此，他做了周到细致的考虑之后，决定最大限度地维护合作伙伴和管理人员的利益，在平和友好的氛围中分了家，而且各方面都非常满意。

而他自己，把所有的家底都放在了企业里，决心与企业共生存。

大展宏图

尽管分家让刘国田有些不好受，但是到这个时候他才感觉真正可以为企业的一切做主了，那么就无需忌讳什么，凭借自己的规划继续前行。于是，他引进了几位能人，擅长管理的来抓管理，擅长经营的来分管经营，一个个能人各管一摊儿，刘国田给予他们最大的信任和权力空间，也就充分调动起了他们的责任心和积极性，而他自己，则去寻找着企业新的发展空间。

春天，黄辛的梨园里“千树万树梨花开”，洁白芬芳的花海吸引了周边的许多人前来观赏。有一天，昌邑市毛巾厂的一位科长来看梨花，因为多年熟识，刘国田前往陪同。聊起企业发展的状况的时候，那位科长说：“最近到南方出差，看人家那边用了一种‘筒子染纱’，产量高，质量好，听说人家的设备是从德国引进的，就是比咱们先进。”

无意间的一句话，到了刘国田的耳朵里，却在头脑中与他喜爱追逐技术前沿的秉性产生了“化学反应”，只要他们能做的，咱就能做，而且不用引进设备，完全自己研制。

“筒子染纱”，在刘国田的头脑中只是一个概念，根本就没有见过真正的实物，所以他的理解也只停留在那位毛巾厂科长的简单描述上，因此，仅凭现有的染绞纱的技术基础加上自己的理解与想象，一次次试验，得到的是一次次失败。其后不久，他听说潍坊的一家大型企业引进了这种设备，但是因为其太先进，还没有投入使用。他立即动身前往潍坊，但是他不认识厂里的任何人，花三百万元引进的先进设备还像宝贝一样保存着，是不可能让他看到的。

他住在潍坊，天天琢磨如何能够接触到相关的人员，如何能看到这个宝贝，看看它究竟是什么样子，又是什么样的原理。

经过五天的寻找，他终于见到了厂里的一位技师，技师跟他讲了设备的基本情况和德国人传授的一些技术要点。这就成了刘国田的巨大收获，他带着这份收获急匆匆地回到家里，推翻了以往的设计，另起炉灶，重新研究。

他记住了技师所说的两个关键：节水节电染透、使团子蓬松。但要实现这两个关键点，他必须经历一个不知道路途有多遥远不知道路径有多曲折的历程。虽然他对自己总能发现本质规律的思维方式有着某种自信，但同时他也知道，这类新技术设备，不是做一件家具、盖一座楼房、做一个炮弹引信那么简单。于是，他一天天一夜夜地思考，甚至在头脑中勾勒出那么一个设备，想象着如何运转如何染色如何控制……但是，真正落到实处，却感觉束手无策，用当地的一句俗话来说，“不是驴不走，就是磨不转”。

其间，曾经有人笑话他异想天开，如果你一个木匠都能研究出来这样的设备，人家何必花300万元钱从遥远的德国引进呢？也曾经有人劝他别跟自个儿过不去，试想，这是那些国外的高级科研工作者团队做出来的事情，他们中间可能有各个领域的专家，有先进的设施，也有各种各样的数据和研究成果作为支持，你想土法上马凭一己之力就做出来，那些人还不都下岗了？既然是不可能的事情，就不要去费时费力费钱了。

刘国田想想，也确实是这么个理儿。但是，在他的头脑中，总觉得自己在慢慢地接近那个设备的原理。也正是这冥冥之中的招引，让他不愿意放弃。于是，在以后的一段时间里，他把自己关了起来继续钻研。提高染锅的速度，购买不锈钢的芯子，都没能解决问题。在近两个月的时间里，他就是这样反复实验，反复修正自己的设想，终于有一天，团子竖向加压变得蓬松，一切水到渠成，筒子染纱成功了！

那一天，他像个孩子一样兴奋，一次次反复检视着这台由一位木匠出身的农民挑战国际染纱先进技术制造而成的设备，内心里充溢着满足与骄傲。或许他根本就没有想到，就是这台设备的诞生，终结了昌邑延续多年的绞纱染色的历史，开启了筒子染色的新纪元。而更令人难以想象的是，他研制出的筒子染纱设备，当时已经比肩国际先进水平了，在几年之后国内才有生产。

而他承包的黄辛印染厂，也因为技术革新而走上了发展的快车道，半年时间纯利60万元。这不仅给了刘国田发展企业的信心，同时也让他更加坚定地相信，世间很多看起来遥不可及的目标，并不完全受到人的身份位置、教育程度以及把握的资源等因素限制，从某种意义上来说，没有不可能，只有敢不敢想，能不能做到而已。

三　路漫漫上下求索

英国诗人丁尼生说过："自尊、自知、自制，只有这三者才能把自己引向最尊贵的王国。"在改革开放初期，曾经有过许许多多叱咤风云的企业，在短暂的辉煌之后最终归于沉寂，大多数都是因为企业家在获取成功之后缺乏"自知"，盲目扩张而难以"自制"，经营滑坡却不能自省，从而导致失败的命运。

每个人被成就感鼓舞，多少都会有一些膨胀，飘飘然之中只有能节制和反思者才会重新落下来脚踏实地。

发展路上的沟坎与自省

1991 年，他们承包的黄辛印染厂到期。

此时此刻，企业的良好发展态势让刘国田信心满满，正好借此机会扩大规模拓展自己的舞台。

于是，他开始寻找新的空间。在城郊的杨洼村，有一个漂染厂已经停产，厂址的前面还有一大片废弃的港湾。刘国田站在这里，虽然面对的是一片衰败的景象，但他头脑中闪现出的是一片红红火火的生产场面。论证过后，他拍板决定：长期承包。

1992 年，金丝达公司宣告成立。

成功的鼓舞有时是一种不断前行的动力，有时也会成为急躁冒进的诱因。最初的时候，他有点贪大求全，连续成立了漂染、织布、冷藏三个工厂，大有甩开膀子大干一番的气势。然而，或许事物发展总要给违背规律的人一些教训，抑或成大器者总要承受一连串的曲折，不管怎样，工厂的运行并没有按照刘国田的美好想象的方向步步登高，而是沉重地滑入一条下坡路，慢慢地验证着什么是“事与愿违”，什么是理想的丰满和现实的骨感——10个月的时间里，仅织布厂就赔进了13万。

跌跌撞撞的人生经历使得他虽然不再因此而焦虑苦闷，但面对着下行的态势，他必须找到扭转乾坤的办法。

经过认真的思考分析，他知道无论从管理、技术还是市场把握等哪个方面来说，自己的真正优势在于印染，而织布虽与印染息息相关，自己以前也当过几年村织布厂的厂长，但经过这么多年的发展变化，织布市场对他们来说还是一个相对陌生的领域，真正能像印染那样深入，还需假以时日。那么，在当前的形势下，需要扬长避短，不该贪大求全，因此，企业应当在战略上进行大调整，充分发挥自己在印染领域的技术优势，而避开在织布领域的诸多短板。

于是，金丝达印染厂大幅度地扩展了生产规模，设备和技术优势获得了释放，保质保量地蔓延着市场疆域，省内外的客户纷至沓来，企业不仅迅速扭亏为盈，而且到1994年，实现利税200多万元。

成功再次助长野心。1996年他又承包了昌邑印染总厂的一个车间。虽然同是印染行业，但无情的现实再一次给予他严酷的教训，因为诸多方面难以理顺，半年时间赔进了100多万元，不得不终止合同，回归自己的领地。

这一盆冷水让他彻底清醒，认真仔细地思考这些年所遇到的诸多问题。德国诗人海涅说过：“自省是一面镜子，它能将我们的错误清清楚楚地照出来，使我们有机会改正。”思考发现，原本决策和管理小企业的方式已经不能适应目前的发展状态，他需要从自身开始转型，从一个小企业主变身为企业家，那么，就必须从心态到理念实现一个跨越。与此相关的是，小企业的灵活性允许犯错误，而企业发展到一定规模之后，每一次决策都应当是深思熟虑和广泛调查研究后才能做出，否则不仅可能造成不可挽回的巨大损失，甚至造成牵一发而动全身的更为严重的后果。另外就是真正认清自我和形势的关系，饭要一口口吃，路要一步步走，不能因为一个成功就急于扩张，台阶之所以一级一级抬升，就是为了让人能够走得安全而轻松。有自信自尊，还需要能自省自知，更重要的是自制。

企业改制

既然已经抛弃了舢板，刘国田就不能不探寻大船劈波斩浪航行的动力与方向。

已经研究了诸多机械动力原理的他，开始琢磨让企业产生不竭动力的方式方法。他知道，机械的动力往往都是由压力所产生的，而这种压力来自于燃料的燃烧产生的能量，那么能够给人产生压力的能量会来自哪里呢？

他自己的体会是责任。作为企业拥有者的刘国田自己身上担负着责任，有为那些员工们着想的道义上的方面，更多的还是企业获取利润的方面，而这份责任主要还是他一个人承担。所有的职工，包括那些管理者，都是为他打工的，只为他负责。只有改变这种状况，让员工们为自己负责，将企业的责任分担到他们的身上，才能产生压力和动力。

股份制改革，是最好的实现途径。

1997 年，他首先在漂染和制线厂进行改革，管理方出股卖股，聘任经理，允许职工买股。企业的干部职工们以极大的热情踊跃购买股份，那场面，让他隐约感觉到是回到了“包产到户”的时期，人们把当家做主的感受挂在脸上，焕发成一种群情激昂的喜悦与担当。“过去是给老板打工，从现在开始，我们要给自己干了！”这种角色的转换，给企业带来了勃勃生机，那种责任带来的压力，真正变成了不竭的动力，推动着金丝达公司以超常的速度前行。

那个时候，也有人对刘国田的做法表示不解，很多国有企业进行股份制改革，那是要减轻包袱，整治长期以来形成的惰性。你一个私有制企业，正处在生产经营最好的时期，眼瞅着哗哗的票子往自己兜里流淌的时候，却跟着去赶这个时髦，把利益分给了那些打工的人，不是想出风头就是脑子有问题。

刘国田有自己的理由，他说："如果就为了赚钱，那我现在赚的钱已经够用的了，积累再多的钱，也还是一日三餐，晚上睡一张床，其余的就只是个数字或者一批废纸了。企业做到一定程度，那就不是个人意义的机构，而是担当社会责任的一个组织，只有让更多的人富起来，过上好日子，企业才有它的社会价值，企业产生的利益也才能真正发挥作用。"

这不由得让我们想起他的金钱观：过多的积攒，没有意义；流通，才有意义。

分红的日子到了。那一张张满足的笑脸，那兴高采烈的人群，那一双双充满希望的眼睛，让他深切地感受到一种比自己收获金钱更加愉悦的满足，同时仿佛肩上的责任也变得越来越重。

1998 年，全球性金融危机爆发。昌邑印染业也受到了很大的冲击，因为效益不好，很多企业都降低了工人工资，有的甚至降低了 50% 。金丝达公司往常一般都是在农历的腊月十五左右有一次集中总结的会议，平常很少集合开会，但那一年的 10 月份刘国田召集企业领导开会。大家知道企业的效益也受到很大影响，以为他也是要跟大家讨论员工降薪的问题。出乎所有人意料的是，刘国田宣布了一个惊人的决定：企业员工每人提高工资 20% 。这一决定，令人费解。有人说："明明效益不好，还要涨工资，你这是自己跟自己过不去啊。"刘国田却说："我们就是要逆向思维，别人都降薪，咱们反而涨薪，是让员工们对企业有信心，有责任心，这样才能换来员工的奉献心。”果然，金丝达的员工们心存感恩，不仅个个坚守岗位，而且兢兢业业，一丝不苟，企业的效益并未因为金融危机而受到太大的影响。

1999 年夏天，有一辆外地车来昌邑运输布匹，由于雨天路滑，翻进了水沟里，布匹浸了泥水需要洗涤干净，在洗涤的过程中人们发现，多数布匹都脱色变花了，金丝达的布却丝毫没受到影响。就这样，很多外地客商竞相购买金丝达的产品，即使每米多花一毛钱也在所不惜。

越飞越高

金丝达公司一步步走向了辉煌，成为昌邑印染的龙头企业。

刘国田得了一个称号——“印染大王”。

到如今，潍坊金丝达实业有限公司已经成为集工业、农业、旅游业、文化产业、环境工程于一体的大型产业集团，公司现有职工 1800 多人，总资产 9.1 亿元。其中，工业企业现辖印染一厂、二厂、三厂、活性分厂和纯棉车间、化工车间，拥有固定资产 3 亿元，员工 1200 多人，拥有日本高科技的倾斜式圆网印花机，能够用于高品质、高精度印花，特别是纯棉活性印花及仿活性印花。同时拥有圆网、平网、纯棉炼漂等十多条科技含量高的生产流水线，年生产各类高档印花布、染色布、各种纯棉、涤棉及系列床上用品达 3 亿多米。自 2006 年起，他们先后投资 1 亿多元，规划新建占地 230 亩、总建筑面积 8 万多平方米的金丝达工业园，实现了企业的升级和跨越。

在不断探索前行的过程中，刘国田以其特有的观念和处事方式，形成了自己独特的企业管理理念。

刘国田认为，中国的民营企业家有一个通病，那就是一旦有了资本积累，容易把自己当成救世主，把家里七大姑八大姨的亲戚全都吸纳进来，一方面是体现自己家族荣耀的地位，并且以这种方式为家人谋幸福，另一方面认为这样可以牢牢地把企业掌控在自己家人手里，生怕别人盗取了企业的利益或权力。这是许许多多家族企业最终沦落的原因，但恰恰又是许多民营企业前赴后继依然延续的惯常做法。

既然能够清醒地认识到这一点，刘国田就做得不近人情似的决绝，从家庭作坊一变为企业，他便将曾经一起艰苦创业的妻子辞退了。这在任何人看来都有一种过河拆桥的嫌疑，但在他那里，没有任何商量的余地。就为这事，妻子有很长一段时间都不能接受，憋屈郁闷，整整生了三年的病。

而同样是一同创业的弟弟，也在一段时间之后，被他辞退。这似乎又同样验证了人们常说的背信弃义之人只能共苦不能同甘的规律。

他说他没经过什么正规的企业管理培训，就认为这样做是合理的，即便在最初的时候背负误解乃至骂名，但他们终归会理解和接受。他的一句名言是：一个成功者得到的往往不是亲情，是仇恨。这句话应该是在深切体验之后总结出来的，我们能够想象到，在家族观念甚重的中国农村，在重情重义的昌邑，他的这一举动会引来什么样的流言蜚语，那些原本希望凭借亲情关系从他这里分一杯羹的亲戚们，失望之中又会有怎样的怨恨甚至仇视？

刘国田顶住压力，按照自己的想法执行。他有他的道理：有能力的亲属，不缺钱，也就不需要到他的企业来赚钱；那些没有能力的亲属，会缺钱，那也不需要到企业来，他会主动地帮助他们。

他给妻子的任务就是管好家，照顾好儿女；给弟弟的任务就是照顾好父母；其余的一切，包括弟弟的孩子，他都会管好。

刘国田又一次抓住了中国民营企业发展的一个关键。他坚定地认为，亲人在企业中所起到的作用并不像大家按常规思维想象的那样重要，反而常常会成为企业发展的阻碍。首先，他们的特殊身份会理所当然地享受某种特权，而这些特权会凌驾于一般的管理人员之上，扰乱企业令行禁止的正常管理；其次，他们的存在会令其他的管理人员产生许多的忌讳，担心不被信任，担心不小心冒犯，从而缩手缩脚，不敢大胆行动。

“水至清则无鱼”，是刘国田在管理中常说的一句话，也是中国传统智慧在现代管理中的应用。他认为只有给管理者乃至普通员工一定的空间，他们的主观能动性才能充分发挥出来。在高压和监视之下的人，全部的心思只能是推卸责任和但求无过，也就是我们常说的戴着镣铐跳舞的感觉。于是，“疑人不用，用人不疑”又成为他始终坚持的一个信条。

张述亮是张家车道村的能人，曾经干过十几年的村支部副书记，也曾开过织布厂，1997 年 6 月，在金丝达公司扩张，急需管理人才的时候，受到刘国田的诚心邀请，进入金丝达分管印染。原本只想来帮助老朋友救救急帮帮忙，做一年两年就继续去做自己的企业，但是，刘国田不仅给了他百分百的信任，给了他完完全全的权力，还给了他不忍拒绝的诚意和友谊，于是，他一干就是十八年，至今已经完全融入企业中，不可或缺，也不可分割了。在他们的合作过程中，张述亮的企业决策无须征得刘国田的同意，无论是人财物还是管理方式完全自己决定。正因为如此，张述亮拿出了自己的看家本领，将一个 100 人的企业做到了 1200 人的规模。他大胆创新，运用科学的管理模式制定以竞争为核心的质量体系和激励机制，对外保证产品质量和花色品种的领先，对内树立正气实行软性竞争，员工工资不仅高于同类企业而且从不拖欠，从企业形象到员工精神风貌都呈现出生机勃勃的态势，即便是在市场大环境疲软的环境下，也保持了企业的快速增长。

张述亮说：“刘国田的做事做人都令我敬佩，他是个干大事有思想的人，跟他一起做企业，就好比给你建好了一个舞台让你去施展自己的能力，你没法不全力以赴，也不能不跟他肝胆相照。”

而今，金丝达已经成为集团公司，刘国田自己反而“清闲”起来，他几乎把所有的时间和精力都用来做科学研究了。因为每一个企业都有非常得力的负责人，他甚至已经有二十多年没有签过字动过钱了。

谭斌是原潍坊外事办公室的工作人员，他常作为翻译陪同刘国田等企业家们出国考察，他说："有时候带七八名企业家一起出去，其他人几乎每天都是电话不断，不是请示就是汇报，等于都是在国外对企业遥控指挥，唯有刘国田的电话几乎从不响起。"他们就问刘国田："企业的事你不管啊？"刘国田说："人家都管得好好的，根本用不着我来管。"

这样的"甩手掌柜"在当今的企业界恐怕也是不多见的。

四　污水治理，清澈的是良知

在中国经济几十年的飞速发展中，人们过分地强调了经济利益的攫取，而完全忽略了粗放式经济模式对环境所造成的严重伤害。环境不会在短期内采取报复行动，但经过一段时期的积累以后，会向人类提出成倍数的索赔。

许多人以"破坏大家的环境，获取个人的利益"而自得，并且千方百计地将其扩大化、极端化，这是一种没有公德心和社会责任感的体现。

刘国田的觉醒和自我修正，让我们看到了一个真正企业家的良知。

醒悟，欠下了良心债

企业蓬勃地发展起来，"印染大王"的称呼也越来越名副其实了。

谁都知道刘国田是个善良而且有着社会责任感的人。自己的员工家里有困难，不管是谁，即便是已经离开企业的老员工，企业也会出手援助；周边的村庄，不论是学校还是敬老院，只要有需要，企业也会不遗余力给予支持，并且在签署协议的时候，他会要求在措辞上注意降低姿态，表达的是感恩而不是施舍；哪里有了灾情，他们也会在第一时间做出反应，进行援助……

他做这些，都是发自内心，并非沽名钓誉。按理说，刘国田堪称一个地地道道的“好人”了。

但是，每当他出国一趟，再回来的时候，总会有种巨大的失落感。那些绿水蓝天鸟语花香的景象和空气清新的感觉，不仅不能让他开心享受，反而开始充满了自责。刘国田说：“2000 年我去新加坡，在那里，呼吸到的空气是清新洁净的，看到的景致是纤尘不染的。后来我又到了西欧，那些国家到处是绿树碧草鲜花，水是清的，空气也是透明的。我深受启发，看来越是环境优美的地方，经济会越发达，反过来，经济越发达，环境就会越美，这是相辅相成、互相促进的。”

刘国田站在潍河边上，看着这条流淌几千年，养育过无数优秀儿女，培植出灿烂历史文化的河流，看着自己儿时常常在此游泳、摸鱼捞虾的乐园，由于大量工业废水和生活污水的流入而慢慢地变成了浑水横流、污浊腥臭的所在。那些山明水秀、蓝天白云的回忆，都跟这片伴随他成长的河水一样，在不知不觉中浑浊、模糊了。

他幡然悔悟，自己一心发展企业，试图造福一方百姓的做法，是有巨大的副作用的，而这一副作用是欠子孙后代的一笔良心债，沉重而且触及灵魂。

于是，他投资 300 万元安装了印染污水处理和脱硫除尘设备，实现了污水的达标排放。这在当时又算是一个石破天惊的举动，毕竟那个时候企业还在发展阶段，与产生的效益相比较，还有一种“鼻子大于头”的感觉。

2001 年，他开始进入苗木种植领域，直接进军“绿色产业”，到 2006 年已经达到了相当规模。按一般的理解，他这“还债”之举已经做得足够深入彻底了，但谁也没想到的是，他再次投入到污水处理的研究中。

观念，可以扭转一切

2006年，刘国田四十九岁。任何人都不能理解，他去挑战一个看起来完全不可能的领域。

也许是年少退学在他心上种下了某种不服气的种子，也许他的血液里就流淌着喜欢钻研的基因，否则很难有人能够解释，一个初中毕业的人居然那么迷恋搞研究创造，更何况他已经算是一位功成名就的企业家了。

在做苗木绿化的同时，他依然关注着污水处理的状况，那些花了几百万元引进的污水处理设备，在他看来只不过是进行了一次"污染转移"而已。

一方面，污水处理厂区空气中弥漫着相当大的臭味，污泥也是臭气熏天，这就充分说明空气和污泥中存在着大量的污染物，虽然排放的水达到了标准，只不过是头疼医头脚疼医脚，不仅没有解决根本问题，而且在处理污水的过程中加入的一些药物，从某种意义上来说，还会加重实际的污染。

如果是这样，他栽种再多的苗木，空气依旧污染，污泥放到哪里哪里依然被污染，这绝不是他要的结果。

还有一个动因就是在做苗木的过程中又接触到了农村的沼气，这让他联想到印染污水中出现的气泡，心里就有了一个大胆的联想：印染污水中会不会有可利用的沼气呢？

他把这一联想向许多业内的专家请教，专家们都说基本没有可能。

刘国田还有另外一个特点，不迷信专家。在他的眼里，许多专家都有一种把简单的事情复杂化的习惯，他们有时候会被已有的知识和经验禁锢了头脑，本本主义、教条主义往往会使他们多走弯路。

刘国田的这种怀疑精神和独立思考的意识原本是知识分子应该拥有的特质，在一位只有初中文化水平的农民身上体现出来，确实叫人感觉有些意外。但是，我们在他后来的生命历程中发现，他的骨子里拥有真正知识分子该有的内在品质，甚至比某些高学历高职称的所谓“知识分子”更加丰富和纯粹。也就是说，真正的“知识分子”不应当以学历或职称来划分，而应以精神品质和学识修养乃至研究成果作为标准。

他的这次研究可以说颠覆了我们的很多固有观念。

他的“专家团队”居然就是三十年前在下营冷藏厂一起工作的工友，钳工胡明恩和电工张明泉，加上木工刘国田，“三个臭皮匠”的组合，似乎就是要验证一下“赛过诸葛亮”的俗话。在今天，如果这样一个团队申请科研课题，恐怕连基本的材料都无法准备，不只是那些烦琐的表格他们连填写都不会，仅仅对研究带头人的职称资历要求就差距太大，没有任何通过的可能。

胡明恩当时是污水处理厂的厂长，刘国田专门带他去了一趟日本。目的非常简单，就是让他看一看国外的环境状况，以提高认识转变观念，不仅不能为了企业的利益去应付环保部门，而且要有主动保护和改善环境的思想意识。与此同时，他们两个老伙计可以有几天的时间朝夕相处，刘国田能把自己的想法灌输给胡明恩，两人深入研究探讨今后的努力方向。

从日本回来的第二天，刘国田就拿了一万元钱交给胡明恩，跟他说：“咱们就不用从企业里走程序申请资金了，太浪费时间，这一万元钱你先拿去买咱们前期需要的东西，算是特事特办。”

这一举动体现出了他的果敢和迫切。他说：“复杂问题简单化就是效率。”

随后，他又跟老哥儿几个提出了自己的要求，要做到污水零排放，所谓零排放就是完完全全的不排放。

这又是一个看起来不可能完成的任务。

刘国田的观点是：污水不等于废水，世间所有的存在都是有其利用价值的，就看你如何将其分解利用。

这一系列与众不同的观念，真正颠覆性地改变了原有的一切。

要想成功，必须有一条道走到黑的勇气

刘国田的女儿刘振杰说，她的记忆中父亲做什么事情都要弄懂，但在做污水处理之前，那些复杂的化学分子式什么的他几乎是一窍不通的，于是，他就去啃一些专业性的书籍，出国或者外出的时候，不管是坐飞机住酒店，别人逛街或喝咖啡的时间，他都用来读书了。到后来，H_2O什么的那些字母，他还是不会读，但他会写，知道是什么。知道了是什么就能运用起来了。说起来，他真的没有什么专业的知识，但是你不知道什么时候他就弄懂了。

可以预料，在实际研究的过程中，他们走弯路品尝失败是必然的，但他在这方面舍得投入，常常是已经投入了几十万上百万的设备，发现不行立马推倒重来，前前后后有几百万元是打了水漂的。

刘国田说："古人总是教导我们勤俭持家，我理解的勤俭不是节省，而首先是勤，就是创造，其次才是节省。所以我认为值得投入的就大胆投入。污水处理，是为社会造福、为子孙后代造福的事情，当然必须投入。"

经过实验，他们发现了印染排放的污水中含有大量有机物，有机物在分解过程中就会产生沼气，这无疑是验证了刘国田最初的判断，那么这些沼气如何搜集如何利用呢？污泥里面又有什么可以利用的东西，如

何解决它的污染问题呢？

三年的时间过去了，一千多个日日夜夜，他们不知道经历了多少个不眠之夜，不知道经历过多少次失败的打击，一次次推倒重来，一次次回到原点，沮丧过，灰心过，甚至自我怀疑过，但就是没有放弃，每当有一点点的进展，他们都会像孩子一样兴奋，以一种欣喜若狂的方式给予自己继续坚持的精神动力。

不了解情况的人，看着刘国田又在没白没黑地忙活，想象不出他究竟要做什么。而了解情况的人，有的认为他就是“吃饱了撑的”，挣了钱不知道咋折腾好了；有的认为纯粹就是“小孩戳尿窝窝”，有了钱以后玩大事过瘾。毕竟污水处理是一个国际性难题，那么多的专家、学者、教授、博士、科学家花费成千上万亿的巨资都研究不出来的事情，你们木匠、钳工和电工的组合，就想解决这些问题，不是傻了就是疯了。

在前后共投入了两千多万元的资金，经历了无数次的实验修正之后，刘国田和他的团队研制的一整套印染污水处理系统终于宣告完成。

2009 年 11 月，经山东省科技厅组织的省部级成果鉴定，此项目在总体技术上达到了国际先进水平，并获得“2010 年度山东省重大节能成果奖”，被列为“2011 山东省科技发展计划”。

如今，这套系统申报 11 项国家发明专利，全部获得授权。

这几乎可以称为“一个奇迹”

刘国田他们研制的印染污水处理系统，从严格意义上来说，不是“处理”，而是一个资源回收利用系统。

工厂里产生的污水，首先要通过一排埋在地下的沼气罐。污泥中的大量细菌帮助污水中的有机物分解，过程中产生沼气，所产生的沼气再通过沼气发电设备用来产生电能。之所以埋在地下，是为了保温和降低运行费用。

经过化验发现，污泥中有大量的热能，两吨污泥相当于一吨煤的能量，在经过挤泥机挤干处理以后，与原煤搅拌制成煤球，送锅炉房重新燃烧利用。

在中水车间，产生过沼气的污水再进行吸附、过滤、消毒处理，成为带有热值的中水，已经完全达到可利用的标准，输送回印染车间进行循环利用。

真正完全彻底地实现了无污染、零排放。

如此一来，印染厂每年产生288万吨废水，处理达标后重新回到生产过程，产生沼气72万方，用于发电可产生效益70万元，污泥中产生可燃煤1080吨，又可产生效益43万元，水中热值可以节约费用360多万元。再加上用水数量的减少和节省的下游排污费用近300万元。里里外外前前后后计算起来，除去系统消耗费用，每年相当于直接产生千万元的效益。

这确实是一个奇迹。

它的诞生，彻底颠覆了人们对于污水、污染乃至废品的认识。它不仅把污染降低到了最低限度，而且将负担变成了效益。在鉴定的过程中，北京的专家们惊讶于一位农民的观念与魄力，并且一致认定，它的技术水平已经达到了国际领先，一经推广，将是造福人类的一个壮举。

2014年5月15日，在“北京科博会第九届中国循环经济发展论坛”上，中国工程院院士、中国环境科学研究院院长孟伟说，目前我国水污染负荷过大，超过水环境容量，南方丰水地区水质性缺水问题突出，北方水资源短缺，水量性缺水严重，生态用水严重不足。中国污水排放总量远远超过环境容量，仅COD（化学需氧量）就超出环境容量四倍多。

孟伟说，多家研究机构的研究认为，中国水环境的COD承载力为740.9万吨，“但全国第一次污染源调查发现，COD实际排放量为

3028.96 万吨”。

环保部门公布的调查数据显示，2012 年，全国十大水系、62 个主要湖泊分别有 31% 和 39% 的淡水水质达不到饮用水要求，严重影响人们的健康、生产和生活。

由此可见，中国的水污染现状已经到了非常严重的地步。

刘国田的这一项技术，如果能够在印染企业加以推广普及，不仅使企业的污水得到有效处理，还能降低生产成本，相当于直接产生效益，更是对企业周边环境的拯救与保护。而假如循着这一思路，把技术成果转化改进，应用于整个社会的污水处理系统，可想而知，那真正可以成为“功在当代，利在千秋”的功业了。

在当年的金丝达公司，一连串的效应也相继出现：随着治理污染的力度不断加大，昌邑的诸多污水排放不能达标的印染企业不是被限产就是被直接关停，而金丝达公司却因为达到污水零排放而得以留存和扩张；与此同时，他们的环境工程股份有限公司诞生，一项造福社会的产业又成为金丝达的新的经济增长点。

有句俗话说：“好人有好报”。这在刘国田的身上得到了相当充分的验证，或许他最初的出发点只是为了减少自己企业产生的污染，偿还背负的良心债，但当他把这一切做得彻底深入而且领先于世界的时候，所有的回报就自然而然地到来了。从这里得来的效益，是经济效益和社会效益并存的，他获取得坦荡，获取得光荣，获取得理直气壮，获取得叫人交口称赞。

第二部　救赎者

——用“绿色银行”偿还“良心债”

带虔诚之心蓦然转向
播种漫山遍野的葳蕤葱茏
绿，从此不只是一种色彩
而是一种纯净的象征
蓝天、碧水、白云
以及清新的空气
清洁的精神和透明的灵魂

“人类将会杀害大地母亲，抑或将使她得到拯救？如果滥用日益增长的技术力量，人类将置大地母亲于死地；如果克服了那导致自我毁灭的放肆的贪欲，人类则能够使她重返青春，而人类的贪欲正在使伟大母亲的生命之果——包括人类在内的一切生命造物付出代价。何去何从，这就是今天人类所面临的斯芬克斯之谜。”

这是英国著名历史学家阿诺德·汤因比在其1973年写成的著作《人类与大地母亲》中的最后一段话。

在这部从全局角度对世界历史进行全景式综合考察的著作中，汤因比十分重视文明形成和发展的地理、气候、水利、交通条件等外部环境，但他认为只有人类的集体力量才是改变自然、创造文明的决定性因素。汤因比深刻地注意到人类物质技术力量的进步对大自然的毁坏所造成的恶果，他关注着人类将与自然环境建立怎样的关系。他发自内心地呼吁人们保护大自然，保护人类和一切生命的生存环境，把生命“从地狱带进天堂”。

20世纪70年代，是西方环保意识全面觉醒的时代，它的标志是“联合国人类环境会议”。在饱受环境破坏困扰和众多有识之士强烈呼吁之后，1972年6月5日，“联合国人类环境会议”在瑞典首都斯德哥尔摩召开。共有包括中国在内的113个国家和一些国际机构的1300多名代表参加了会议。会议广泛研讨并总结了有关保护人类环境的理论和现实问题，制订了对策和措施，呼吁各国政府和人民为维护和改善人类环境、造福全体人民、造福子孙后代而共同努力，并提出了“只有一个地球”的口号。这是联合国史上首次研讨保护人类环境的会议，也是国际社会就环境问题召开的第一次世界性会议，是世界环境保护史上第一个里程碑，标志着全人类对环境问题的觉醒。为了纪念大会的召开，当年联合国大会做出决议，把6月5日定为“世界环境日”。

尽管有前车之鉴，但中国还是从20世纪80年代开始，随着改革开放和经济的高速发展以及工业化和城市化的迅速推进，对自然资源的开发强度不断加大，加之粗放型的经济增长方式，技术水平和管理水平比较落后，污染物排放量不断增加，环境污染渐呈加剧之势，特别是乡镇企业的异军突起，使环境污染向农村急剧蔓延。同时，生态破坏的范围也不断扩大。

时至今日，生态恶化已经严重影响我们的生存与发展，成为一大社会难题。

进入新世纪以来，我国民众的环境保护意识才开始全面觉醒，但面对积重难返的局面和参差不齐的公民素质，需要有更多的人站出来，用切实可行的方式进行自我救赎。

刘国田用他的“绿色梦想”在家乡昌邑蹚出了一条保护环境与带领农民致富的双赢路线。

一　环保意识觉醒与苗木产业的诞生

著名潍坊籍作家莫言在他的文章《听父母官谈家乡事》中写道：“最近十几年来，中国的农业，发生了巨大的变革，而在这巨大变革中，潍坊的人民，发挥了伟大的想象力，创造出了令全世界瞩目的业绩，为全中国的农民兄弟，提供了宝贵的经验。”“像大棚蔬菜之父‘菜头’王乐义，具有大将风度的‘鸡头’王金友，创造出闻名全国的‘得利斯’低温肉肠的‘猪头’郑和平，还有养花养出了彩的‘花头’李洪亮，栽苗木栽出了名的‘苗木头’刘国田，还有种西瓜的郭洪泽，种芦荟的刘萃荣，种大姜的王德杰……真是‘家家怀荆山之玉，人人握灵蛇之珠’，群星灿烂，英杰辈出。”

莫言所说的这位“栽苗木栽出了名的‘苗木头’刘国田”就是昌邑的“印染大王”，昔日的污染大户，但后来的他不仅依靠种植苗木而名声大震，并且因此而成为昌邑苗木的代名词，开始了他追寻蓝天白云的环保梦想之路。

荷兰大使馆的一位官员曾在参观了他建设的流青园后说：“刘老板，

你很聪明，再过十年，你的家乡会变成一座巨大的绿色银行，到时你将是其中最大的股东。”

在2009年“首届潍坊市十大环保人物”评选中，刘国田荣膺“环保人物”称号。

刘国田的这一“转身”，不仅“华丽”，而且意义巨大，影响深远。

昌邑苗木产业呼唤“第一个吃螃蟹的人”

2001年初，农业部发布的《关于做好2001年度农业结构调整工作的意见》指出：“2001年农业结构调整的任务仍然相当艰巨，各地必须按照中央的要求，继续把农业结构的战略调整作为2001年农业和农村经济的中心工作，坚定不移地加以推进。”

当时，我国农民的收入增幅已经连续四年下降，城乡居民收入差距进一步加大。农民增收困难已经成为制约农村经济乃至整个国民经济发展的突出问题。因此，农业部的意见指出：“农业和农村经济结构调整必须把增加农民收入作为基本目标，加大调整力度，面向市场，大力发展效益农业，进一步向农业的深度和广度进军……”

在稳定粮食生产的前提下，如何从实际出发，调整单一的种植养殖结构，发展高产优质高效农业，提高农业收益，增加农民收入，从根本上解决三农问题？这是摆在昌邑市委市政府面前的一个课题。

他们对当地农业和土地情况进行了研判。

作为潍坊市下辖的一个县级市，昌邑位于山东半岛东部、潍坊地区的东北部，地形南北狭长，南部丘陵、中部平原，濒临渤海湾的北部是一望无际的盐碱滩。20世纪90年代以来，围绕农业结构调整，这里曾经进行过多种形式的探索与尝试，但始终未能找到真正的突破口，没有形成自己独具特色的优势产业。而在当时，传统工业产业中的纺织业、铸造业已经大规模兴起，这类劳动密集型产业用工较多，导致了农村劳动力相对紧缺的局面，使得原本就地形复杂的昌邑难以发展大棚蔬菜、水果等农业产业。

昌邑市委市政府综合分析认为，苗木产业更加适合昌邑的特点。于是，昌邑市委市政府决定将苗木业作为推动农业结构调整的主导产业进行强力推动。

但是，这项工作的推动起初并不顺利。

在当时的中国，城市化运动还没有大规模兴起，城市绿化、美化也尚未得到重视。唯一与之相关的有价值的信息就是北京申奥成功，正在进行大规模的城市改造和造绿工程。当然，北京的造绿与凭空产生的昌邑苗木能否产生关联，那还是一个未可知的事情。尽管大家一致认为苗木必定成为一个朝阳产业，但是种什么样的品种，有什么样的行情，谁都无法把握……这一系列非常现实的问题摆在面前，许多人都在犹豫观望，没有人敢于站出来做第一个吃螃蟹的人。毕竟农业生产不是简单的投入产出，它需要一季、一年乃至几年的时间进行生产，一旦把不准脉搏，就可能让这一切打了水漂儿。

尽管我们常常批评中国人性格中保守、不敢尝试和喜欢观望的弱点，但是对于这件事情所持的审慎态度还是可以理解的。那么，此时此刻，就需要一位勇敢的拓荒者站出来打破僵局。

刘国田不仅成为昌邑苗木产业“第一个吃螃蟹的人”，而且一出手，便大刀阔斧激流勇进，开辟出一片出人意料的绿色空间。

环保意识的觉醒让他决定偿还“良心债”

刘国田做苗木，一方面是他一贯响应号召的秉性使然，另一方面则是他个人环保意识的觉醒。

20 世纪 80 年代，昌邑传统的纺织印染项目和铸造行业开始大规模兴起。一时间，昌邑大地烟囱林立，黑水滚滚。空气中到处弥漫着一股怪味，没有经过处理的污水，注入河中，一路向北，蜿蜒入海。“海纳百川”，污水被渤海湾来者不拒地接纳。但吞进了太多污水的近海，也到处弥散着一股怪味。

昌邑作为中国印染行业和铸造业发展的重镇，在促进当地经济发展的同时，也给当地环境带来了严重的负面后果。

世纪之交，刘国田的印染事业登上了一个新的高峰。作为昌邑印染业的龙头，刘国田作为企业家的代表，时常出国考察。

我们在前面的叙述中已经讲过，他去到新加坡，呼吸到的空气是清新洁净的，看到的景致是纤尘不染的。刘国田发现，经济发展也可以和环境相和谐。到了西欧，那些国家到处是绿树碧草鲜花，水是清的，空气也是清新的。刘国田深受触动，经济和环境应该不是相互对立而是相辅相成的。

本来，刘国田办企业，一个重要的目的就是带领父老乡亲们过上好日子，但这样下去，水源污染了，环境破坏了，连生存的基本条件都无法保障，何谈过上好日子？

刘国田在很多场合都会说：“我搞苗木产业、做环保研究，都是为了还良心债。”

那段时间，他陷入了一种深深的自责：自己靠印染获得了财富，但这些财富背后都是以贻害子孙的环境污染为代价的。如果不尽快改善，恐怕这份良心债要背负一辈子。

回国之后，虽然花费巨资引进了污水处理设备，但他认为这只是一种不再继续欠债的措施，先前欠下的良心债也得想办法偿还。

2000 年前后，在更大的国家背景下，不规范生产造成的环境恶果还没有完全呈现，但一个严重的环境问题正在威胁着中国——沙尘暴。

从1999年到2002年春季，中国境内共发生55次沙尘天气，每当沙尘来袭，从西北到江南，漫天的沙尘，遮天蔽日，一片昏黄。沙尘暴有时还混合在雨水中，时不时地来一场“泥雨”。

虽然沙尘暴与自己的行业无关，但无疑是一种环境问题的爆发。每每看到这样的报道，刘国田在心里总要跟自己的“良心债”进行一种看似“自作多情”的关联，仿佛这种爆发给他的是一种警示，甚至是冥冥之中的一种呼唤。

而就在此时，昌邑市委市政府推动苗木产业发展的号召发出，虽然大会小会上发动的对象是乡镇村干部和耕种土地的农民，像他这种骨干企业负责人并不在动员之列，但因为这一号召跟他到国外所见的绿树成荫的景象以及内心里的环保意识相契合，他便觉得自己责无旁贷了。

他准备行动起来。

按一般人的做法，既然是响应市委市政府的号召，必先向领导汇报自己的计划，尽量争取得到政策甚至是资金支持，在政府的助力之下，顺风顺水地将此项目进行下去。

这不是刘国田的做法，他更习惯于“自己的事情自己做”，于是便悄无声息地开始了行动。

刘国田的村庄叫刘家车道。在昌邑市东北部，省道新沙路的南侧，规模不大，历史悠久。村东就是潍河，历史上的潍河几经改道，在村庄与如今的潍河河堤间形成了一大片河滩地，由于经常挖沙而坑坑洼洼，在这些坑洼之间散落着几棵柳树、山楂树，孤单而惨淡地生长着。每每有东南风刮过，便风沙弥漫，像小型的沙尘暴直扑村内，村民们只得关门闭户，把沙尘挡在房外。

刘国田到村支书家造访。

支书惊讶道：“是什么风把您给吹来了？”

刘国田也爱开个玩笑：“东南风啊，把沙子和我一块给吹进来了。”

支书笑道："这风可够大的。"

刘国田问："东边河滩那块地你们有计划没有？"

支书说："那块地啊？跟您说，这些年我一直都想整治整治，可是投资太大，村里办不了啊，您有啥好的想法，快帮我出出主意。"

刘国田说："我想出钱把它整治一下，搞个苗木基地。我也想好了，这个苗木基地也不纯粹是搞苗木，而是一举两得，我就照着公园来建，育上苗以后呢，间着出，移了大的再栽上小的，让它越栽越多，始终都有绿色。几年以后，它就成园林了，那就交给村里当公园，叫咱村里的乡亲们也享受享受出门就是公园的生活。这名字我都想好了，就叫流青园。你看怎样？"

支书被他这一番话说得心花怒放，他仿佛已经看到了这片荒滩变成绿树成荫的公园的样子，已经想象到村里的男女老少在公园里徜徉的景象，急忙说："这简直太好啦。这块地大多数还是属于村集体的，虽然有几片已经承包到户了，你也知道，就那地方根本没什么收益，我去跟他们说说，就一块儿送给您，您想怎么建就怎么建。"

支书高兴得直搓手，刘国田却摆摆手说："要说送给我，我可不敢要，那是要被乡亲们戳脊梁骨的。"

支书说："大伙儿都相信您，肯定能建出个好东西来。到时候咱村里不光有自己的公园了，也不怕东南风吹得满嘴牙碜了，都是好事儿，谁好意思戳脊梁骨啊？"

刘国田说："话是这么说，但咱也不能不自觉是吧？咱这样，按国家政策来，我也承包三十年，承包费一年一交。已经承包了的那几户，你跟他们说说，问问能不能转包给我，如果可以，我把承包费直接给他们。"

支书还想继续谦让，刘国田用手势制止他，继续说："咱也别再叨叨了，按政策办事，既不会犯错误，也不会留拉拉秧（方言：遗留问题），要是能定下来，咱们就签合同。”

事情很快就顺理成章地确定下来。“流青园”，这个诗意盎然的名字，伴着刘国田对未来的希冀埋下了绿色的种子，他将以这里为起点，让绿色流淌漫延，如清澈的水流浇灌这片干涸的土地。

流青园——“留青”园

大型挖掘机开进了这片河滩。

带着腥味的海风裹挟着沙土，凉凉地打在身上，但刘国田的心里似乎还有一团火在燃烧。他每天都会来到工地上，身兼设计师、指挥员、施工员、监督员等等数职。在他的设计里，这里也不只是一片培植苗木的园子那么简单，他要的是一个可以培育苗木又可以供乡亲父老游玩的“公园”，那么，各个环节都必须他亲力亲为、坐镇指挥。

首先要做的是整修加固潍河大坝。因为这片土地紧邻潍河大堤，尽管这些年连续干旱，各类用水也连年增多，即使汛期潍河水已不见当年波涛汹涌的景象，但以防万一，仍旧需要将大堤进一步整修加固。

第二步便是挖渠引水。沿海地区地下水含盐量高，不适合灌溉，需要从潍河引水浇地。在引水渠的修建过程中，土地填挖修整也同时进行，修路栽树、育花种草、藕塘鱼池修建……不到三个月的时间，这片原本坑坑洼洼沙尘弥漫的荒芜土地，就神奇般地变成了一个遍布绿色的美丽所在，占地1300亩的流青园横空出世了。

三个月。这似乎已经成为刘国田建设项目的一个标准进度。

在此后的几年间，他又建成了许多与苗木相关的项目，其模式和时间跨度都基本相同：自己投资、自己设计、自己施工建设，而且工期均在三个月以内。

他行事一贯保持低调务实，从来没有做什么先期宣传之类，局外的人也就没什么思想准备，项目完成也不张扬，因而总会给人一种惊喜，并且也总能受到热捧。因为这些项目的出发点不是出于私心，可以让每个人直接感受到它们存在的意义和带来的直接的美感与快乐，广受欢迎都在情理之中。

流青园是一个完全开放式的园林。新沙路南面的一个大理石拱门显得十分气派，穿过拱门，里面的道路蜿蜒曲折、四通八达，有的曲径通幽，有的笔直开阔，方便各种车辆进出。荷塘碧水荡漾，春天荷叶田田，夏天荷花婷婷，秋天便可以收取莲藕；鱼池里水波旖旎，大大小小的鱼儿畅游其中，妙趣横生；分布各处的苗圃则是这里的主角儿，不同的区域有不同的苗木品种，有的四季常青，有的春绿秋黄，有的以繁花示众，有的以果实炫目，几十个品种按地形地势，错落有致地栽种，可谓琳琅满目、美不胜收。

刘国田显然是经过了细致的思考和周密的设计，作为观赏的树木花草是一次性栽种长久留存的，用相声里的话来说就是“欢迎参观，请勿拿走”。他对手下的人有严格的规定，这些花草树木一旦栽下就要真正地“长”在那里，成为这片土地的一个组成部分，任谁索要都不能挖，出多少钱也不能卖。而作为经济收入的苗木部分，必须保证挖大栽小，挖少补多，使林子可以繁殖蔓延，力争数量越挖越多，面积越栽越大。

到如今，园子里的许多树木已经长得粗壮高大，堪称巍峨了。整个园子郁郁葱葱枝繁叶茂，昔日的荒滩变成了茂密的树林，村民们曾经避之唯恐不及的地方也成了休闲纳凉的绝佳去处，流青园变成了“留青”园。

流青园可以说寄寓了刘国田最初的救赎愿望和环境保护意识，不仅仅绿色遍地，其中的许多细枝末节也显示出他的良苦用心和聪明才智。

2014 年 8 月的一天，我们跟随刘国田参观流青园。一行人走进园林深处，才发现在绿树环绕之中有一幢单层的欧式建筑，刘国田介绍说这是接待客人用的。一进门厅，便发现天花板上有几盏灯将整个屋子照得亮亮堂堂，当时还在心里想大白天的点灯耗电似乎不符合刘国田的环保形象，但再仔细观察，发现屋顶上只有光，并没有灯。于是便请教刘国田，这是怎样的一种照明技术。他嘿嘿一笑，说："这是节能日光灯，不用电，也不需要开关。"

也许是我们的惊讶让他有了某种成就感，于是便带有一点小得意地给我们解释：这并不是灯，而是天花板上的一块玻璃，玻璃的上方呈筒形结构，光线经过玻璃反射透过圆筒照向地面，乍一看就是明亮的灯光，仔细看才发现根本就没有任何电灯的构造。同行的人介绍说这"日光灯"还很神奇，它不只是有日光的时候才亮，即使外面阴天下雨，这灯仍然能照出光亮。大家纷纷问刘国田这是哪里的技术，他又是嘿嘿一笑说："没有技术，都是我自个儿琢磨着搞的。"

透过斑驳的树影，我们看见在流青园东边的潍河大堤上，有一个古香古色的凉亭，红柱黄顶，颇有韵味儿。刘国田介绍说那是他专门建造的一个观景凉亭，在那上面，东望是水波荡漾的潍河，西望则是郁郁葱葱的流青园，目光所及，皆是美景。

我们急忙登上凉亭，一览美景。坐在亭子里，清风习习，视野开阔，潍河绵延宽阔，水鸟翔集，水草萋萋，波光粼粼，流青园一片碧绿之中间杂着绚丽花朵，色彩缤纷，如诗如画……他们介绍说周边的百姓最喜欢来此观赏美景，但我们发现亭子干干净净，完全没有那些乱写乱刻的情形。有人便问刘国田："你是用什么办法管理的？这亭子天天人来人往，也没人刻上一个某某到此一游啥的啊？"刘国田依旧是嘿嘿一笑，拍拍凉亭的红柱子说："这情况早就想到了。这凉亭的柱子是用粗钢管做的，想刻也刻不动。"

大家一听，哈哈大笑。

流青园的效应与启发

流青园的出现，在昌邑引起了很大的轰动。不同的人群对此有着不同的理解和表达。

对于倡导推行苗木产业的昌邑市及乡镇领导来说，这自然是一种直接的支持，他们的欣喜可想而知。于是，大会小会上都时不时地宣传表扬，并不断组织相关人员前往流青园参观学习。他们的观点是：刘国田带头以工支农，直接支持并推动了农业结构调整，帮助当地农民致富，无疑是为整个昌邑的工农两界做出了好榜样。

而那些有意发展苗木产业却一直等待观望的人，也转变了思想。在他们眼里，刘国田是有眼光有魄力的企业家，多年以来，金丝达公司不断发展壮大几乎已经成为一个行业的风向标，如果他已经开始进军苗木产业，那么，这个产业一定是有着良好前景的。于是，曾经犹豫不决的也纷纷开始行动。

从某种意义上来说，这是国民性的一种正常体现。在我们的语言系统中，“枪打出头鸟”“木秀于林，风必摧之”“出头的椽子先烂”之类的俗语，都是中庸文化所导致的缺乏开拓性精神的体现，同时这也是在长期的生活过程中不断总结经验教训所形成的一种自我保护意识，但正是这种心态让大家谨小慎微不敢去做“第一个吃螃蟹的人”。而“跟风”则是这种心态的另一种表现，既然不做第一，又得“先下手为强”，那么在“眼见为实”之后，便可以迅速跟进了，所以，我们做什么事情往往要看“有没有先例”，能不能“借鉴经验”。正因为如此，敢于探索的“风头”对于一个行业的发展就显得意义重大了。而刘国田的流青园，正是昌邑苗木业的这个“风头”。是他给了更多的人可以借鉴的经验，也给了他们采取行动的信心和决心。

当然，作为一个“风头”，面对不理解不接受乃至是酸溜溜的嘲讽也是必修的功课。有的人半开玩笑地说：“刘国田真是讲政治啊，企业做得好好的，冷不丁地带头种起树来了。”

“讲政治”不知从什么时候起变成了一个带有一定贬义的词汇，这是值得思考的一种现象。近些年，有那么一部分人，总要以与主旋律相悖相逆为时髦，似乎以此就能表现出自己的与众不同，这种思维方式成为一种风气之后，那些主流人群反而成了被揶揄嘲讽的对象，让这个社会中的正能量变得难能可贵。刘国田是与众不同的，但他的这种不同不是通过这种怪异的方式来体现，而是将自己完全融入中国社会经济发展的主流之中，用自己敢为人先的胆识和聪明才智表现出来。他的思想行为永远充满着健康向上的正能量。当家庭成分不再成为阻碍他政治上进步的时候，他积极入党，并且第一个在民营企业中成立党组织，自己成为第一个民营企业的党支部书记，后来，企业中的党员人数不断增多，他又成为第一个民营企业的党委书记。而且，他始终把党性原则放在至高的位置，把自己作为先锋队一员的引领作用充分地发挥出来。发展苗木产业，带领农民致富，这是昌邑市委市政府倡导的，他积极响应，带头去做，几乎就是一种本能，并没有想自己是不是“讲政治”，所以，这是自然而然的举动。如果说其中还有什么个人化因素的话，那就是有他希望偿还良心债的赎罪心理，因此，他想得更深，走得更远。

一些其他的猜测和论断也传到刘国田的耳朵里。有人以小人之心度君子之腹，认为刘国田是想通过苗木获取不正当利益，也有人质疑农民的土地集中给了民企老板是在抢农民的饭碗，还有人并没有去过流青园，仅凭个人想象便问刘国田：“听说你建了一个私家园林，准备回家养老啊？”刘国田笑道：“要说养老，那可是个好地方啊。”他从不做过多的解释。但当这些人跟随刘国田发展苗木产业的历程深入了解一切之后，不得不心服口服地承认，自己是因为境界太低而看走了眼，说错了话。

流青园的管理人员，全都是本村村民。转包土地的几户人家，有的全家都参与其中，公司除了按协议付给承包费以外，还给工作人员发放工资。或许正因为如此，在流青园里我们看到的不仅是绿树繁花，还有一张张花儿一样充满幸福与快乐的笑脸。中央电视台农业频道曾经来此采访，问及村民们有没有什么意见时，他们都说："没有意见啊，不用操心还拿双份钱，可好了。土地的租金比我们的收入高，还能在这里天天领工资，做梦都想不到还有这么好的事儿。"

这是表面化的效应。事实上，流青园诞生的意义不止于此，刘国田的经验和做法，对昌邑的苗木业乃至整个农业结构调整和农村经济发展都起到了非常直接的带动和内在的推动作用。

首先是"土地流转"问题。

在那个时期，"土地流转"这个词汇尚未出现，国家也没有相关的规定。如果中央文件有明确的表述，只需照章办事即可，但没有规定，便容易无所适从。当时，第二轮农村土地承包刚刚结束，承包期三十年不变，但是农业结构调整，发展像苗木之类的特色产业，必须进行规模化经营，那就需要将土地适当集中。如何将刚刚分配给一家一户的土地重新按照要求集中起来，这是一个难题。

刘国田转包农民土地的做法无疑是一个有益的尝试，也给其他人提供了可以借鉴的经验。昌邑市总结推广刘国田的做法，并进行广泛的宣传发动，短短一年多的时间，全市即出现了100多个苗木企业和苗木大户，种植面积达到了5万多亩，其中金丝达公司就占了1万亩。

当然，刘国田的做法中还有一个非常关键的部分，那就是他给出的租金超出了农民的预想。比如，农户提出一亩地年租金600元，刘国田总会说："不多，再加上100元，700元吧。"所以人们都主动要求金丝达公司租他们的土地。刘国田跟公司里具体办事的人说："我自己就是农民，知道他们的不容易。他们一年到头就靠这几亩地生存，作为企业，咱不能跟他们太斤斤计较。”正因为如此，金丝达公司返租的土地不需要上级政府出面协调，企业能够非常顺畅地与农民直接达成协议，简单快捷，效率颇高。

这样的做法，让我们联想到了清人李汝珍的小说《镜花缘》里理想中的“君子国”，此国中，“耕者让田畔，行者让路。士庶人等，无论富贵贫贱，举止言谈，莫不慕而有礼”。在君子国的市场交易中，卖主力争是要付上等货，受低价；买主力争的是要拿次等货，付高价。这样的“礼乐之邦”虽是不可企及的幻想状态，但刘国田的行事，颇含这种君子之风。当我们在采访中着重问及这一问题的时候，他非常认真地说：“这其实是一个出发点问题，有人说做企业的目的就是要获取利润，这话看起来没错，但是如果仅仅为了获取利润，那很可能成了唯利是图的奸商。企业存在的真正价值，不是你最终赚了多少钱，而是你赚了钱之后，承担了多少社会责任，否则你要那么多钱干什么呢？我们搞苗木，一方面是想绿化美化环境，同时也是帮助当地农民致富，最后才是考虑赚钱的事。我在一亩地上加 100 块钱租金，对于企业来说没什么大的影响，但对于农民来说，那就是一笔纯收入。如果只为自己赚钱而去减少农民的收入，那就跟我们的目的相违背了。”

这样的解释，让我们茅塞顿开。近几年来，在我国农村关于征地问题发生了许许多多的事件，有的甚至是影响比较大的群体事件。其核心点往往就在于征地者只为自己的利润最大化，不顾农民利益，难以调和的矛盾导致事件的发生，往往落一个两败俱伤的结局。而刘国田的“企业承担社会责任，帮助农民致富”的观念，只是让企业拿出少量的利益，却能够获得政府、农民、企业多赢的结果。

有一些企业和苗木大户的征地就没那么顺利，往往因为租金难以谈拢而陷入僵局，严重影响了生产进度。为此，昌邑市政府专门召开了一次会议，向那些征地遇到阻力的企业和苗木大户介绍了金丝达公司的做法，并且号召大家学习刘国田，用发展的眼光看问题，要有大局意识，不跟农民算小账，不要从他们身上榨取自己的利益。如此一来，不仅整个昌邑市的苗木产业土地问题得到了圆满解决，也直接给当地农民争取了利益。

其次是苗木生产与其他农作物争地的问题。

农业结构调整有一个不容改变的前提，那就是“稳定粮食生产”，苗木产业需要占用土地，但基本的粮田是不可占用的。其他作物的土地，也很难取得。因为苗木产业尚在一个尝试阶段，实际的效益很少有人能够预见，也就很难下决心将原有的作物改成苗木种植，所以，在当时的推进中，土地问题曾经成为一个很大的阻力。

刘国田兴建的流青园，用的是荒芜的碱滩地，不仅不与其他作物争地，而且相对土地成本较低，这无疑是一个特别宝贵的经验。因为昌邑所处的地理环境所致，当时的碱滩、河滩、丘陵荒地、荒沟、荒岭非常多，如果能够发挥利用，那将是变废为宝，凭空增加可用土地数量。昌邑市着力宣传推广流青园的经验，重点开发荒滩、荒沟、荒岭，既缓解了用地矛盾，又迅速推进了苗木产业的发展进程。更深远意义还在于，土地绿化率提高，土地利用率提高，而在这些土地上产生的社会财富属于绝对增长。

苗木示范大棚——无意间又“讲政治”

刘国田每每谈起苗木，提及最多的两个原因，一是我们讲过的救赎心理，另一个则是自己的爱好。他说自己原本就喜欢花草树木，喜欢绿色的叶与缤纷的花所带来的自然之美和心灵愉悦。

但是，他的爱好往往能与时代进步、政府号召以及自己的企业发展相符合，这不能不说是他发自内心的正向能量在起一定的作用。

流青园建成以后，刘国田开始在金丝达印染厂的生活区建立一个苗木示范大棚。依然是个人投资，依然是自己设计、自己施工，依然是三个月工期，依然是开放供公众免费参观。

大棚为钢架结构，全封闭，一个占地 8 亩、一个占地 5 亩的两个大棚互通互连，共计 13 亩，8658 平方米。大棚内栽种了各式各样的花草树木，有北方的树种，也有像木瓜、香蕉之类的南方树种，可谓琳琅满目，令人眼界大开。

示范大棚一经开放，参观的人络绎不绝。它也成为着力推动苗木产业的昌邑市的一大亮点。每有上级领导视察和外地宾客考察，市里也将此作为一个必须安排的地点。当时的中央政治局委员、山东省省委书记吴官正在参观了示范大棚以后，也是连连夸赞。

或许这个示范大棚就像刘国田自己说的，出于他的爱好，但它在无形中又让他“讲”了一次“政治”。在那个时期，科技示范园的建设很时髦，比如蔬菜示范大棚、水果示范大棚等等，花样百出，名目繁多，但这些基本上都是政府行为，其目的是为了给民众做示范或为产业做宣传，从而推动产业发展，加快农业结构调整。刘国田的这一自发行为，相当于解了昌邑市委市政府的燃眉之急，而且完全自己投资，建设标准又大大超出了一般的示范大棚，也难怪很多人感觉难以理解。

有人说：建这么个示范大棚，既没有向政府要条件，也没有要资金，这究竟是图啥呢？

刘国田的回答很明确：“这本来就是我们企业自己的事情，自己出钱建设那是理所应当的。人不能什么事儿都非得讲个图什么，也不能什么事儿都依赖政府，如果都那样，啥事儿都干不成。”

他说他是土生土长的昌邑人，最了解昌邑的实际情况。由于地理环境和生产条件的限制，昌邑南部种刺槐，中部栽杨树，北部是比较耐盐碱的柳树和白蜡，除此以外，昌邑人很少能看到更多的树种。而他，在多年的走南闯北的过程中，每到一处看到比较特别的树种，总要仔细询问研究，甚至考虑移植到昌邑的可能性。他建这个大棚，就是为了让昌邑人包括自己苗木公司的人开阔一下眼界，增强一下信心，同时也满足自己的那一份爱好。而且，通过这个大棚，可以增加苗木品种的培育，其本身也是一种产生效益的手段。

这就是刘国田的所“图”。

当然，这个苗木示范大棚，客观上使整个昌邑的苗木业进一步升温。

二　市场，可遇也可求

时间进入2003年，经过两年多的工作，昌邑市的苗木面积达到了8万亩，已经具备了相当的规模。

眼看着苗木一天天长大，却看不到市场究竟在哪里，老百姓开始着急，昌邑市委市政府领导的压力也很大，他们曾经多次专门组织班子到外地包括首都北京和省会济南去协商对接，但是，政府出面与政府打交道，并不能真正深入市场，所以成效并不大。

曾经有个地方，政府号召农民种菜花，菜花种下了，长势很好，农民们都在盘算着一年的收成，到了收获的季节，原先的喜悦逐渐为焦虑替代，因为往年早早上门的收购者一直不见踪影，从初秋一直等到下霜，上万亩的菜花没卖出去多少，剩余的都烂在了地里。

1987年，苍山农民因“大包干”后蒜薹丰收却找不到销路，遇到“卖菜难”去政府找县长，冲击了县政府，最终酿成了颇有影响的“蒜薹事件”。作家莫言还曾以此事件为素材写出了一部著名的小说《天堂蒜薹之歌》。

像这样的事情，刘国田看到过太多。

刘国田一想起那些欲哭无泪的农民的眼神，就心如刀绞。农民土里刨食，一旦发生这样的事情，不仅一年的收成泡汤，种子、化肥、农药等投入也血本无归，他知道这对那些省吃俭用的农民意味着什么。

开始做苗木的刘国田“不差钱”，他的大规模投入，带动了周边的很多企业和农户都开始投资苗木。一时间，昌邑大地上绿浪翻滚，欣欣向荣，但刘国田心里却怎么也轻松不起来，因为他知道，如果不能很好地解决苗农的销售问题，一旦市场波动，种植与生产不对路，苗木就会滞销，甚至会成了柴火，这就会伤了苗农。

昌邑苗木的市场究竟在哪里呢？这是刘国田反复思考的问题。

变“找”市场为“建”市场

在风景秀丽的江南，行色匆匆的刘国田无心欣赏美景，江南霏霏的烟雨，徒增了他的烦恼。踏遍了江南大地后，刘国田发现，虽然江南江北一水之隔，但在苗木上形成完全不同的两个体系，是不同的市场。

从白雪皑皑的哈尔滨，到风沙交织的乌鲁木齐，踏遍江北，刘国田发现，当时中国苗木市场非常分散，并没有形成统一的市场，整个定价体系和采购体系都非常混乱。

在那一段时间里，刘国田说得最多的就是：“怎么找到稳定的苗木市场？”

“为什么不建一个市场呢？”一次，在饭桌上，一位朋友开玩笑地说。

一语惊醒梦中人，刘国田如同醍醐灌顶：“是啊，为什么不自己建一个市场呢？”

刘国田认为，苗木产业在昌邑是新兴产业，在整个中国也是新兴产业，大家对这个产业的家底还都不是太了解。昌邑市的种植面积很大，但分布在全市各处，无法形成集中的效应，外地客商即便到了昌邑，也难以在短时间内做全面了解，更何况在现有的情况下，还难以对外地客商形成一个吸引力。

栽上梧桐树，引来金凤凰。这句古老的俗语凝结着经验与智慧。

经过反复调研，深思熟虑之后，刘国田决定栽上这棵“梧桐树”——建苗木市场，而且要把市场建成两个部分：一部分用来展示，注重信息交流；一部分用来交易，是真正的市场。

无疑，昌邑市委市政府对这样的意见是高度重视坚定支持的，但是，按交易市场的性质，应该是政府投资兴建，为全市苗农服务的。可是，这样一笔巨大的建设资金从哪里来呢？

当时的市主要领导跟刘国田交流说：“你的这个建议非常好，但是现在政府拿不出这么多钱来建市场啊。”

刘国田说：“市里就不用操心了，只要领导同意，这个市场我来办。”

领导说：“你建当然是一件好事，可是这里面也存在一个问题，咱们昌邑的苗木产业刚刚兴起，我是担心……”

刘国田笑笑：“我明白，您是担心我只给自己建市场，把同行们排除出去。您放心，我建的这个市场不是金丝达的，而是昌邑市的。”

领导开玩笑说：“俗话说同行是冤家啊，给竞争对手建市场，你刘国田的胸怀可真够大的呢。”

刘国田很认真地解释：“这个事儿就看咱怎么理解了。要是站在昌邑当地这个小圈子里，我们是同行，但咱们面对的不是昌邑，而是全国，要想形成一个大的交易市场，必须形成规模效应才行。”

领导也认真地说：“这道理很多人都懂，但真正能做到的人，还真不多。”

刘国田以为领导不信任他，便说：“我建流青园和示范大棚，您都看到了……”

领导大笑：“我不是不相信你，我是夸你呢。这么聪明的刘国田怎么就没听出来呢?”

憨厚的刘国田招牌式地嘿嘿笑起来。

在昌邑市的协调支持下，刘国田在地处昌邑市中心地带、潍河东岸的宋庄镇承租了1600亩土地，作为一个园区，开始兴建苗木交易市场。

还是一个“三自”工程，自己投资，自己设计，自己施工。

首要的自然是水系配套工程。他们在潍河拦河截流，建成一座提水站，用管道远距离送到园区西部，然后变成明渠，在园区中顺势东流。除了满足园区用水和观赏水系的作用，还可以为周边的农户提供灌溉用水。

刘国田已经做好了规划：苗木交易市场建成以后，立即举办第一届苗木交易会，让这个市场即时发挥作用。他看着眼前如火如荼的建设场面，已经能够想象到这片土地即将变成的那个市场，必须是高规格的建筑，能容纳足够的客商，他们带来新的品种和信息，并且从这里把昌邑的苗木带向全国各地。

然而，谁也没有想到的是，正当他准备大干一场的时候，一连串的打击接踵而至。

屋漏偏逢连阴雨

2003年，SARS爆发。

传染性非典型肺炎，又称严重急性呼吸综合征（Severe Acute Respiratory Syndrome），简称“非典”或SARS，是一种因感染SARS相关冠状病毒而导致的以发热、干咳、胸闷为主要症状，严重者出现快速进展的呼吸系统衰竭的呼吸道传染病，死亡率达到15%。

“非典”，是中华民族的一场意外灾难。2003年3月开始大范围爆发，因为此病的主要特点是极强的传染性与病情的快速进展，所以，在最严重的时期，学校封校，工厂歇业，交通几乎瘫痪。

“非典”的爆发对苗木产业没有直接造成影响，但对纺织印染行业造成了巨大的冲击。

当时有报道说，自2003年4月以后，我国印染行业的生产和销售均因“非典”而受到明显影响。各大交易市场人流稀少，交易惨淡，成交大幅下降；因为产品特性，合同无法打样确认，企业内外销都受到很大影响；由于消毒水的供应趋紧，印染业成本提高。全国印染业4月订单减少了大约20%，5月订单的减幅约在60%，企业效益下降30%。

那段日子，原本熙熙攘攘、机器轰鸣的金丝达印染厂开始冷清起来，该来的客户不来了，该到位的资金到不了位。企业的资金链开始吃紧，因为建设苗木市场的资金来自印染厂，所以企业总经理跟刘国田打了招呼，让他提前做到心中有数。但是刘国田并没有太在意，他相信他的管理团队有能力也有办法渡过难关。

建设苗木交易市场的步伐并没有因为“非典”而放缓。

令他始料未及的是，银行那边又出现了问题。

有一天，财务负责人告诉他，有一笔200万元的贷款到期，还上以后银行表示不再续贷。刘国田一听，“轰”的一声，头都大了。

一直以来，无论是刘国田个人还是他的金丝达印染公司，一直都保持着良好的信誉和口碑。企业的负债率并不高，有一小部分贷款，从来都是有借有还，银企关系相当融洽。因为其良好的信誉，银行甚至会主动跟他联系给他放贷。在这个正需要钱的关键时刻，银行不再续贷，这其实不是区区200万元的问题，而关乎他个人更为看重的信誉和多年用心经营的企业形象问题。200万元，他不担心，他担心的是由此可能带来的连锁反应。

于是，他跑到银行去询问原因，银行告诉他是原本给他担保的企业不再担保了。

真正的原因是有人制造舆论，说刘国田不务正业，一味讨好领导，抢着去干本该是政府干的事情。现在企业这么困难，他又白白扔钱去建什么交易市场，将来必定会全军覆没。有人甚至煞有介事地说，他是因为企业不行了，在拿着整个企业的钱给自己找后路呢。

在这样的情况之下，担保企业退缩似乎也完全可以理解。

事实上，这也正应了“木秀于林，风必摧之”的那句老话。从2001年他转型做苗木开始，社会上就已经开始流传一些关于他的闲话。对于这些闲话，刘国田也早有耳闻。他多年的一个好友，曾经跟刘国田说过这件事情。

“现在很多人说你的企业不行了，这样下去，会关系到你的声誉，影响到你的经营。”那朋友忧心忡忡地对刘国田说。

“听他们瞎说，我的企业现在正处在上升期，比以往任何时候都要好呢。”刘国田回答。他那时正在集中精力做苗木，不想为其他的事情分心，在他的想法中，只要自己把苗木做成功了，一切流言不攻自破。

“他们都说，你如果不是企业出了问题，怎么会去做苗木这样出力不少，赚钱还不多的行业呢？”朋友说。

对此，刘国田不愿多做解释。他当时转行做苗木不单单是为一个企业做，而是针对整个昌邑的环境，是为了响应农业结构调整，但曲高和寡，他的初衷可能很难得到别人的理解。既然别人不理解，多说也无益。

但现在，刘国田意识到了问题的严重性。既然原来的担保企业不再担保了，那就找别人。刘国田询问了几家与自己相熟的企业，得到的回答大都一致：“原先做工业的时候，给你担保没问题，但现在你改行做苗木，苗木这东西，到底能值多少钱？你是不是具有偿还债务的能力？这个心里确实没底。”

这回答让刘国田彻底无语。

这么多年以来，刘国田一直以诚信和义气著称，在他的印染厂濒临绝境的时候，就是凭借自己的信誉筹措了资金，他怎么也不会想到，在他已经拥有更多的财富以后，居然就没人再相信他了。这种感觉比缺钱的滋味更让他挫败。同时也充分说明他所做的这一切几乎没人理解。

这让他感到了无边的孤独。

但正因为如此，他必须坚持，将事情做下去，并且做好。不止关系到投资与回报的经济利益与社会效益问题，更关系到他个人的信誉，他更看重这一点。

后来，他终于找到了一家企业为他担保，并且跟银行行长将情况做了认真的解释，暂时化解了这场危机。

虽然危机化解，但周围人的怀疑和闲话，也让金丝达公司内部开始产生分歧：在现在企业困难、苗木产业不被看好的情况下，第一届苗木交易会，是办，还是不办？

经过银行风波的耽搁，场馆建设进度被拖延，交易会如果办，能否考虑延期？

延期，等于承认失败，即便勉强召开，效果也会大打折扣。

放弃？那结果刘国田都不敢往下想。如果在这个时候放弃，等于告诉那些怀疑自己的人："我不行了，你们的猜测是正确的。"

这样的结果，将会给金丝达造成致命的打击，很可能会让金丝达从此一蹶不振。

那么最终的答案很明确：苗木交易会要办，而且要如期举办。

泥泞中的艰难跋涉

第一届苗木交易会，时间定在2003年11月18日。

经过这一番波折，离交易会只剩下两个月的时间，而计划中的场馆，都还在建设中。

刘国田倒逼工期，把工作分为两摊儿，一部分人筹备会议，负责邀请客户，进行会务准备，他带领其余的人全部靠在工地上，日夜不停地赶工期。

天公似乎也不甘寂寞地跑来添乱。

那年自入秋开始，就一直下雨，建设工地一片泥泞。拉着石料的车，一进入工地，立马就陷了进去。不用说进料，空车进出都成问题。

只好在路上先铺上石子，但前面铺好石子，还没走完一趟，石子就被压进泥里，车又陷了进去。

不能进料，工程怎么进行？

“一辆车不行，那就两辆车。”于是，每进一车料，前面一辆车拉，后面的车艰难地往里开。但被水浸透了的泥路，走不了几趟，整个成了“一锅黏粥”。两辆车不行，那就三辆。于是，一拖一拉的形式，成了一拖一拉加后面一个大功率的装载机往前推。

刘国田很坚决，无论如何，一定要在规定的日期完工。

入秋的风雨，透着一股凉意，刘国田就在这凉意之中用坚韧和执着为自己的信心取暖。

任何事情都怕咬紧牙关。刘国田咬紧牙关，不去管别人的风言风语；他咬紧牙关，穿着雨衣，坚持在建筑工地上。

尽管连续降雨，工程并没有因为天气影响而有一刻停工。最后这两个月，工地每天晚上都是一直干到晚上十一点以后。

在晚上昏黄的灯光下，刘国田没有睡意，只有听着轰隆的马达声，刘国田心里才踏实。

有那么几天，他总是感觉眼前发黑，头发晕，感觉走路都在打晃，这让他有了一种极其不好的预感。他悄悄地跟自己的司机说：“我可能得病了。”

司机着急地说："啊？那您赶快去医院看看啊。"

刘国田严肃地说："现在不能去医院，这事儿一传出去，就麻烦了。你谁也不许说。"

司机带着哭腔说："那怎么行呢？万一……要是……咱可不能耽误了啊！"

刘国田笑笑："啥也别说了，我就是去医院也得这个项目建完了再去。你这样，去给我弄点好吃的来，这些日子顿顿面条，都吃够了。现在我得腐败腐败。"

从那天起，司机换着样儿送来好饭好菜，看他吃得狼吞虎咽，自己躲到一边默默地掉眼泪。过了几天，他实在忍不住，鼓足勇气跟刘国田说："刘总，您还是去医院看看吧，别这么熬着了。"

刘国田哈哈大笑："看什么看？告诉你吧，吃了几天好饭，我全好了。现在才明白，啥病没有，我就是饿的。"

司机哭笑不得："真是的，这么大岁数了自己饿不饿不知道啊？真让您吓死了。"

随着不分昼夜地施工，场馆逐渐在面前有了模样。

这时，有人报告他说："刘总，装载机的轱辘掉了，是在这里修好了接着干，还是等明天修好了再干？"

刘国田笑了，这么多天来，他第一次感觉到轻松。装载机轱辘都能累掉，人还没有要求休息，他知道大家的心气上来了，只要有这股心气，交易市场就一定能在交易会前建成。

也是在那天，刘国田第一次在晚上十一点之前宣布："收工，明天再干。"

就这样，工程建设一直持续到开幕式之前，尽管大家已经拼尽全力，工程还没有完全交工。

11 月 18 日开幕，直到 17 日晚上，工地上依然灯火通明。保洁、电工、各种工程人员，依然紧张忙碌。

全新舞台上的第一场大戏

2003年11月18日早上5点，施工队撤出工地。昌邑苗木交易市场宣告建成。

9点，由昌邑市人民政府主办、金丝达集团公司承办的第一届山东省（昌邑）苗木交易会正式开幕。

连着两个月晴雨不定的天空，在这一天艳阳高照。在震天的锣鼓声中，来自全国各地的交易商齐聚一堂，占地4000平方米的苗木交易大厅和1.2万平方米展示大棚内人头攒动。

交易大厅和展示大棚专为外地客户准备，事先已经考虑到了他们需要带样品进行现场展示，所以建设得高大气派，每一个展示区域都给予充分的空间。室外大田展示区则明显带有流青园和苗木示范大棚的设计理念。这里按苗木品种建成不同的小园区，每个小园区外都竖一个牌子，总体介绍品种，而每一个品种都有挂在树上的小牌进行具体介绍，层次分明，一目了然。囊括国内几十个品种的海棠园、常绿树种园、地被植物园……沿着参观路线一路走下来，昌邑市现有的苗木品种都能了然于心。

这届苗木交易会从18日开幕，到20日结束，短短三天时间里苗木交易额达1.32亿元。昌邑作为江北苗木大市迅速名噪省内外，金丝达集团也由印染企业成为苗木界的龙头企业，而刘国田，这位“江北第一苗木大户”也被深深记在苗木界人士的心中。

刘国田心中悬着的那块石头，终于落地。

第一届交易会，是在新建成的全新舞台上演绎的第一场精彩大戏，它开启了昌邑苗木事业的一个崭新时代。

与交易会本身相比，其办会方式尤其令人称道。它实现了政府、老百姓“两头”不用掏钱，但最终老百姓受益。不仅为昌邑苗木搭建起快速发展的平台，更为有关专家和客商搭建了一个交流技术、成果的平台。据不完全统计，这届交易会展示的苗木新技术达数千种，区域辐射全国各地，不少农户就是冲着这些新技术、这些农业专家而来。

进行农业结构调整，带动农民致富，实现社会效益和经济效益双丰收，昌邑市规划的苗木事业在刘国田的带动之下，已经显露雏形。

三 变“交易”为“博览”的价值升级

交易会结束了，刘国田终于有时间静下来，在偌大的交易厅内转转。此时的交易大厅，已经打扫干净，整洁宽阔，显得有点空旷。

人去“厅”空之后，刘国田心头隐隐有点寂寞。一时的喧嚣，并不是意味着永久的辉煌。刘国田见过太多的交易会，而那些大大小小的交易会，繁华过后，终究没有几个人还能记得。

在全国，有很多的节庆活动，都是以办节的形式推介具有地方特色的产品、经济与整体形象，促进地方经济和社会事业的加速发展，这种“以节招商，文化搭台、经济唱戏”的经济发展模式，非常盛行，仅在潍坊，便有潍坊国际风筝节、寿光蔬菜博览会等蜚声中外的节庆活动。刘国田在想，能不能将苗木交易会跟节庆活动嫁接，使之成为一个昌邑名片式的品牌活动呢?

当然，根据统计，当时在全国有近8000个这样的节庆活动。但其中很多都是“政绩工程”，与市场缺乏结合，从而成为一种低层次的“烧钱”行为，不仅不能产生应有的社会效益和经济效益，还极大地浪费了各种社会资源。

刘国田认为，节庆经济不是随随便便搭起台子唱戏那么简单，需要有实实在在的交易和信息交流活动支撑，并且充分挖掘本土文化内涵，链接起相关产业，形成一种品牌经济，真正实现可持续发展。

刘国田要的就是这个“可持续发展”，所以，他决定以节庆经济的思路来办苗木交易会，强化品牌意识，把它真正做大做强。

“中国（昌邑）北方绿化苗木博览会”诞生

进入2004年，形势发生了巨大变化。

全国各地城市化进程加快步伐，绿化美化也成为城乡发展的一个工作重点，苗木需求自然大幅度上升，“苗木热”初见端倪。众多的苗木公司、绿化工程公司应运而生。作为苗木业已经形成一定规模和影响力的昌邑，这无疑是机遇，当然同时也面临着严峻的挑战。

谁占得先机，谁就拥有未来。

有一些领导建议向国家申报举办苗木博览会，这也正是刘国田的想法。因为目前的昌邑苗木交易市场，除了展厅，更大的还是展示园区，已经具备了基本条件，办成博览会更能够体现这个园区的真正价值。

意见统一，立即准备材料进行申报。很快，审批结果下达。

市主要领导找来刘国田，把审批的结果拿给他看。

批复的题目是“中国（昌邑）北方绿化苗木博览会”，由山东省人民政府主办，全国绿化委员会办公室协办，昌邑市人民政府承办。举办日期确定为每年的9月19日。

虽然正式成为国家级会展，但已经完全是政府名义，金丝达集团的名字在展会上不再出现。

市领导问刘国田：“怎么样?”

刘国田兴奋地说：“很好啊，咱们先到先得，有了国家级会展这个名分，那就更名正言顺了。”

市领导：“我想跟你商量商量具体怎么办。”

刘国田：“该怎么办就怎么办呗，咱就照最好的会展来办。”

市领导：“现在有一个关键的问题，主办承办单位中金丝达集团的名字没有了，所以，有些事情反而是名不正言不顺了呢。”

刘国田开玩笑地说：“金丝达集团的名字没有了，昌邑市的名字还有不是？金丝达是昌邑的企业，我刘国田也是咱昌邑人，那还不得服从指挥听从命令啊？”

市领导说：“既然你这么说，那咱就不绕圈子了。虽然没有了金丝达的名字，但是一切还都得按照预想的运作方式来办，这个绿博会市里就交给你刘国田了。怎么样？”

刘国田说：“没问题。”

市领导继续问：“也没意见？”

“没意见。”刘国田接着幽默了一句，“有名字也是我们干的，没名字也是我们干的，反正谁也抢不了去，对吧？”

市领导笑着说：“要是都像你这样，我们这领导就好当啦。”

刘国田开始按绿博会的要求进行规划建设。

在刘国田的规划中，昌邑绿博会是中国北方绿化苗木及园林行业全面展示最新发展成果的舞台。昌邑绿博会要承担研讨苗木业发展趋势，交流生产信息，推动苗木交易的高端峰会的使命，要建成具有综合性、权威性的平台，以苗木园艺企业信息交流、产品交易为重点，广泛开展国内外苗木业合作，搭建产需平台，推动文化旅游、招商引资等快速发展，还举办专家讲座、企业论坛、招商引资推介签约、书画展和园林摄影艺术展等一系列绿色活动，并进行深入的学术交流、信息交流和技术合作。

新的蓝图对基础设施提出了更高的要求。它不再是一个交易市场，而是一个绿色博览园，它不只单一的产品展示功能，还要增加旅游观赏、文化娱乐等多重功能。他给自己定的标准是，不仅办成顶尖的国家级会展，还要办成国际性会展。

又是自己投资、自己设计、自己施工。又是三个月的工期。

新建了8000平方米带有看台的广场，可以容纳11000多名观众观看开幕式的盛况以及其他的文艺活动。

新建了会展中心大厅。1600平方米的大厅是绿博会的A级展区。此后每年的会议期间，都建有绿博会的标志性雕塑，多家大型园林园艺公司都在此展览。绿博会的苗木交易签约也在这里举行。平日里，这里还举行体现昌邑经济发展和人文风情的摄影展、书画展等文化活动。

与会展中心大厅相连的是15000多平方米的中心展区，主要展销各种苗木、花卉、种苗、种子及与此相关的项目、产品。

与此同时，又对原来占地1000多亩的露天展示园区进行了调整、充实和完善。

2004年9月19日，中国（昌邑）北方绿化苗木博览会隆重开幕。中央、省、市的相关领导到会祝贺，十几个国家和地区、二十多个省市的客户莅临昌邑，参与博览，而参会苗农和观众达到5万人。

这届绿博会突出“以人为本，建设生态家园”的主题，以博览会为形式，以展销交易为目的，以展示园林绿化苗木和园林规划设计为主体。共设摊位700个。会议当天，签订购销合同620多笔，交易额1.18亿元。同时，签订招商引资项目27个，意向2个，总投资额5.3亿元。会后销售各类苗木8000万株，收入2.6亿元。

从发展到交易，由交易到博览，昌邑绿博会正式开始书写绿色篇章。

此后，绿博会每年一届，到现在已经成功举办了13届。绿博会成了昌邑的名片，也成了昌邑人民每年都翘首企盼的重大节日。

刘国田的节庆经济品牌思维得到了完美诠释。

让博览园真正“博”览

虽然国家级的绿博会上再也没有了金丝达集团的名字，但刘国田依旧无怨无悔地继续投资举办。而原本的交易市场变成了绿博园，虽然也似乎有了一些归属上的尴尬，但是刘国田仍然像对待自己的孩子一样，用心培育她的成长，装扮她的美丽。

2004年的绿博会结束以后，刘国田还在考虑绿博园的完善，因为就绿博园当时的状态来说，离他要建成国内最好的绿色博览园的目标还相差很远。为此，他去了英国和西欧的另外几个国家做专门考察，又回到国内转了一圈，掌握了大量信息，也开阔了自己的眼界。在他看来，我们国家地大物博，植物种类南北差别非常大，虽然地处北方，但在绿博园内不能只看到北方的苗木，也应该出现纬度较低的热带植物，这样才能体现博览园的“博”。

另外，来博览园参观的人日渐增多，这里与县城也有一段距离，参观之后却没有合适的休闲餐饮场所。于是，他希望建设一个综合场馆，集展示、观赏、餐饮、休闲功能于一体。

2005年，总面积8000平方米的热带植物馆建成。

依然是自己投资、自己设计、自己施工。依然是三个月工期。

这三个月，刘国田直接从公众视线中消失，他吃住都在工地上，实时监控着每一个环节的进度。当人们再看到刘国田时，也同时看到了竣工的热带植物馆。

热带植物馆为钢架结构，玻璃墙体。从外部来看，东面像展馆，中规中矩；南面像群山，连绵起伏；西墙内外错落，有点少数民族建筑的意味；北墙则像刚刚打开的百科长卷……整体造型活泼，但内涵丰富，给人以淳朴却又带点神秘色彩的感觉。馆内以热带观赏植物为主，集中了国内外名优热带植物400多个类别，1000多个品种，其中包括澳大利亚、日本、中东地区以及中国台湾等地的诸多名贵树种。

自从做苗木之后，刘国田养成了一种“癖好”，每次出国都会满世界寻觅那些珍奇苗木的幼苗或种子，能收集到的绝不错过……热带植物馆有一棵外形光泽亮丽，树干高大弯曲的红褐色灌木。“这是伊拉克沙枣，它可是我前几年冒着危险，从战火纷飞的国家请来的宝贝呀。”

这里面的很多品种都是他收集来的“宝贝”。

整个热带植物馆分为江南水乡、东方古韵、欧式庄园、日式风情4个区域，12个形态各异的景点充满异域风情，令人流连忘返。

植物间水系纵横，流水潺潺，各色鲤鱼和身形硕大的养殖中华鲟穿梭游动，使观赏者更有身临自然环境之感。馆内气温常年保持在30°C左右，湿度也符合热带植物的生长要求。

餐饮部分分为两类：一类是馆内开放式的，包括茶饮、咖啡、零点用餐等等，完全在植物园的景观之间，人们可以在鲜花环抱绿树掩映之中享用美食，仿佛与自然融为一体，非常惬意；另一类是封闭式餐厅，分布在植物馆北面和东入口两侧，以落地玻璃间隔，透过玻璃同样可以一边欣赏美景一边享用美食。

关于热带植物馆的餐饮，也有一个饶有趣味的故事。

为了保证植物馆的餐饮质量和服务品质，刘国田聘请了在潍坊市久负盛名的四星级酒店——东方大酒店来承租经营。商谈租金问题的时候，酒店经理谈了一个初步意见，怕刘国田不好接受，还特意仔细计算了一下成本，详尽地做了解释。

没等经理说完，刘国田说：“这不行。”

经理一愣，说：“那您的意见呢？”

刘国田说：“这太低了，再给你加三个点（3%）吧。”

经理更是愣得一时回不过神儿来，毕竟他是平生第一次遇到这么主动让出利益的谈判对手。

刘国田解释说："酒店最初的消费者多数都是来参观绿博会的群众，收费高了他们消费不起，所以咱们的饭菜定价不能太高。而且开始阶段大家还有一个认识和接受的过程，估计收入不会特别理想。咱先这么定着，到时候你们有困难，咱再商量。"

一番话让经理非常感动，他说："刘总，有您这份心，我们一定做好。"

正因为被感动，酒店经理对此事也特别用心，所以几天之后专门跑到工地上来见刘国田，询问具体的开业时间，他们好提前安排配备管理队伍、招聘和培训员工。

刘国田说："三个月以后就可以正式营业。"

经理看着刚刚动工的场馆，一片杂乱的场面，怎么也想象不出三个月以后这里会是个什么样子。他还是带着怀疑继续问："刘总，您确定三个月能开业吗?"

刘国田："你放心吧，就三个月。"

经理尽管回去认真准备，但心里的顾虑并没有打消。他后来跟别人说："当初跟刘总不熟，还以为遇上一个大忽悠呢。可等到三个月以后，酒店正式开业的时候，我直接就傻了。"

开业的时候，那位经理就开玩笑地问刘国田："你这是建起来的还是变出来的?"

刘国田也幽默地回应："我是吹起来的。"

桩景园是2005年建成的另一项重要工程。它位于热带植物馆西侧，由民俗文化区和绿博展示区组成，一步一景，一步一趣，故名桩景。桩景园南门为地方性古典式民居建筑，建有大门及矮墙，设门区内外空间，形成村落人家的意趣。门外植青桐，意喻筑巢引凤，发展地方经济。脚下用石子拼写了"风调雨顺""五谷丰登"字样，期待着农业大丰收大发展。门上的牌匾题写着“绿野馨乡”，象征着绿色的田野，温馨的家乡。

遍布桩景园的整个水系像一幅昌邑地图，水系上设有三座小桥，园内种植各种花木，万紫千红，绚丽多彩。这里的最高建筑是“怀乡亭”，从亭上往西看是一片槐树，又称为“槐香园”。昌邑是“华侨之乡”，槐树是家乡树，槐树往往与海外游子的怀乡之情相联系。这里还有十二生肖石雕，分别位于不同的树下，惟妙惟肖。水系外的西北端是不同的植物造型，水系外的西南端是引种苗木保护区。

桩景园西门南侧是一个汉白玉制作的玉琮，门北侧是“中国北方绿化苗木基地”纪念碑。

桩景园更倾向于发挥休闲旅游的功能。自此，闭会期间的绿博园，就不再寂寞冷清，投巨资完善起来的场馆设施，就有了更多发挥功能的余地。

2006 年，绿博园又新建一项工程，叫“国际展馆”。这个欧式建筑，占地 10000 平方米，是专为国际客户准备的，重点是展示国外的名优花卉。当年这里就汇集了国内外优质花卉 500 多个品种。2006 年绿博会期间，金丝达集团和 8 家国外企业联合布展，形成美丽的“九景一区”，各种带着异国风情的花朵竞相开放，姹紫嫣红，蔚为壮观。

闭会期间，这里便成了花卉新品种的培育繁殖基地。

为品牌注入更多内涵

2006 年的绿博会，吸引了“中国园林花木信息交流会”加盟，是具有标志性意义的事件。

作为《中国花卉报》重点打造的信息交流会，中国园林花木信息交流会是全国园林苗木的品牌型会议之一，也是我国最具影响、人气最旺、展出效果最好的园林花木盛会之一，已经成为北方地区乃至全国园林苗木市场的晴雨表，为政府主管部门、科研、设计、施工、生产全产业链各环节搭建了有力的交流交易平台。

中国园林花木信息交流会与昌邑绿博会的合作，是一个双赢的结果。中国园林花木信息交流会缺少固定的场馆和举办场所，而昌邑绿博会场馆建设完善。中国园林花木信息交流会的品牌影响力以及固有的客户群体，为园林、苗木行业展览与会议的有效结合提供了便利，着力为参展、参会企业打造产品、信息交流平台。这一切，又让昌邑绿博会如虎添翼。

因为中国园林花木信息交流会的“加盟”，2006 年的昌邑绿博会实力大增，成为一个国内的高端绿色峰会。

2007 年绿博会，绿博园的文化娱乐功能得到了充分的体现。中央电视台“艺苑风景线”走进昌邑，殷秀梅、庞龙等十多位演艺明星为盛会献上了精彩的节目。

绿博会，成为一个盛大的节日。开幕式这天，人们争相涌进绿博园，近距离欣赏明星风采，也近距离感受绿色文化。

也是在 2007 年，国家林业局正式批准，授予昌邑市“国家级林木种苗市场”称号。这是继“中国北方绿化苗木基地”之后，昌邑苗木产业得到的又一个国家级品牌。

连续五届绿博会的成功举办，助推昌邑苗木产业节节攀升。销售渠道从省内扩展到省外，再扩展到国外，当地苗木产业逐步走上了一条规模化、标准化的发展之路，昌邑市已成为名副其实的江北苗木集散中心、价格形成中心、信息交流中心和技术推广中心，真正开创了“买全国、卖全国”的格局。

四　文化，给绿博园更深厚的承载

从2003年到2007年，5年的时间，刘国田几乎从零开始，一年一个战役，一步一个台阶，终于把昌邑绿博会打造成了全国苗木界的绿色盛会。绿博会已经成为一个品牌，绿博园则成为昌邑的一个全新的景点。

似乎一切都可以用“成功”“胜利”“圆满”之类的辞藻加以修饰了。但是，刘国田还是感觉缺少点什么。就像栽树，你在一片荒地上以极快的速度栽上一片林子，看起来绿树成荫，并不意味着就任务完成，可以高枕无忧了，假如大风刮来或大水冲击，这片林子能抵御得了吗？

树抵御风雨的能力来自于根系，而一个品牌的根系则是它的文化内涵。

这是刘国田下一步所要做的事情。

他要让绿博会承载更多的文化内容，要让绿博园成为传播绿色文化的平台，要把绿博会和绿博园打造成文化的符号。不仅仅是要种植绿色植物，更要把绿色作为一种文化根植于人们心中。

苗木景观是旅游文化的天然资源

刘国田当初转型，是从第二产业工业向第一产业农业的转型，而要解决农业产业链条过于单一问题的途径，应当是产业之间的联合。刘国田要在苗木种植产业链条中，植入第三产业——那就是利用苗木，发展旅游。

在喜爱苗木的刘国田眼中，他所从事的苗木事业，本身就是一道靓丽的风景，所有种植的苗木，不管将来要用作行道树还是观赏木，都不如此时的集中种植规模大，品种多，因此，它们比移栽之后更值得观赏。

而刘国田需要做的，就是如何让这风景产生价值。

“把树苗种得整整齐齐，是苗圃，把苗圃搭配起来，就成为花园。”当花园连成一片，自然就成了旅游景观。

在绿博园周边的道路两旁，除了花草，就是一些造型奇特的苗木，花草相互搭配映衬，构成靓丽的风景线。而那些苗木，有些已经生长了十几年。每年，新的枝条长出，都要经过一定的修剪，让树朝着园丁心目中的造型生长，如此年复一年，若干年后，才会形成那些让人眼前一亮的风景。

一棵树，从种下到长成，需要几年的时间，如果仅仅把效益集中于成品树，无疑是对苗木成长期资源的浪费。在苗木的成长期与出售期之间，本来就没有严格的界限，而树的展览与种植，本就一体。绿博园，既是那些苗木生长的场所，也是苗木展览交易的场所，同时也是供游人观赏的场所。

这种改造，早已在绿博园内开始。绿博园，集各种苗木的展览、展示、交易于一体，同时也为一些苗木提供了种植和生长的场所。一些苗木，可以作为终端产品，直接交易；如果没有交易出去，就可以在绿博园内继续生长和增值。更为重要的是，他们可以始终组成一道绝佳的风景线。

绿博园的品种展示园区是苗木样品展示和苗木交易洽谈区。该区以园林建设为主，一共有 17 栋管理房。一至三号管理房西面即是品种展示园。在这里能观赏到全国各地的优质绿化苗木。其中的美国大红叶李，是落叶小乔木，高 4 ~ 8 米。3 ~ 4 月开花，花粉红色，6 ~ 7 月结果。它叶色紫红鲜艳，春秋两季尤甚。宜丛植或与其他绿叶树相配植，红叶绿树相映成趣，十分美丽。

园艺景观园占地 50 亩，围绕千影湖分别布置一系列绿化景观和人文景观。千影湖即倩影湖，指湖水将千红万绿包容其内，倩影如画，四周种近水、水生或湿地植物以及与水相映成趣的植物，如红枫、碧桃、木芙蓉、迎春、连翘、竹蔷薇等。绕湖设亭、台、桥、滩、湾等景点。

该区有西、北、东3个各具特色的门，西门的含义是生命，由自然山石、石砌流水墙、岩生和沙生植物组成岩生园，表现生命的不同组成形式和生命的顽强、神奇、多彩、宝贵。园内以雪松、龙柏、蜀桧等构成对景树和千影湖的背景，同时结合阔叶、彩叶及变叶等灌木组成优美林冠线和林缘线。在向阳缓坡草地上的浪漫景观带，分别种植兰花系、紫花系、红叶植物和绿竹，命名为“兰溪”“紫梦”“红云”“绿浪”。“海棠花儿开园”以种植观花、观叶、观果的海棠类植物为主，每到生长的旺季，景色如歌如画。“杉壮兰柔园”以种植杉类植物和玉兰类植物为主，使杉类树木的挺拔壮美与玉兰的清秀优美形成对比，同时杉类植物又构成这一园区的西南边缘背景，与西门内的高大树种形成西向优美的林冠线。“百花齐放园”是园林的预留区，主要供本地或外地客户种植新品种之用。

千影湖南侧的“阳光地带”“绿荫情趣”由阳光草坪和绿荫走廊组成。其中“阳光地带”由合欢、太阳花、太阳梅、红花酢浆草、草坪等组成，游客在这里能享受阳光温暖和植物的优美；“绿荫情趣”由复叶槭走廊及整形樱桃树构成，内置休闲椅，创造“绿荫廊里，樱桃树下”的意境。“梅花三弄”以松柏园为背景，主要展示梅花品种。“松柏情长园”以北方的松柏类为主，结合造园意境和特殊造型，用松柏类的长青象征情深意长，同时与西侧的“梅花三弄”“百花齐放”“杉壮兰柔”景区构成整个园区的南背景。

“菩提树和明镜台”园区种植的七叶树在北方又称作“菩提树”，建造的“明镜台”缘于一个佛教故事。禅宗五祖弘忍为选衣钵传人，叫自己的两个弟子惠能和神秀各作偈语一首，以观他们修行功底的深浅。神秀的偈子是："身是菩提树，心如明镜台。时时勤拂拭，莫使惹尘埃。"慧能的偈子是："菩提本无树，明镜亦非台。本来无一物，何处惹尘埃。"这正符合佛教"真空妙有"的思想。禅宗五祖遂将衣钵传于慧能，他就是禅宗六祖。园中辟横步道，游人漫步或驻留其间。

位于湖南岸山石围合的两层台地叫作"桃花两叠"，种植桃花类品种，创造桃花与山石及桃花流水、花落闲池的中国式诗词美景。位于千影湖北岸的是"故乡树、故乡情"，展示原汁原味的乡土树种（杨、柳、榆、槐等），形成树林，内设青年人表演的歌台、张拉膜结构休闲亭、宣传昌邑（故乡）风情风貌的"丝绸"形灯箱。北门由球形网架、花架、各式藤架、格架组成，含义为"空间"，展示了各种藤本植物的"无形"和"有形"；两侧分别以开花藤类和观叶、彩叶、变叶藤蔓构成景观。

位于园北门以东和以西的是"五月花季""十月情怀"。"五月花季"以种植月季、蔷薇类为主，结合牡丹、芍药和五月前后开花的植物，营造"红五月"的诗意；"十月情怀"种植秋季观果和变色叶植物，表现十月的充实和色彩。

华情园的建设则以展示北方地区园林植物和植物景观组合为中心，重点突出具有民族特点、传统特点、象征意义和地域性代表的植物种类，以婚庆情景、画意为游览线，以改造性利用原植物为原则，充实丰富的植物文化内容，兼顾不同人群，使人于游赏中受到爱的感染，得到高尚生活品位的熏陶，于休闲中丰富知识。

此外，以绿博园为中心产业园区，沿下小路、206 国道、309 国道"一纵两横"主干道两侧建设绿色长廊，同时在沿线适宜地段发展规模化、标准化苗木基地，形成苗木产业布局合理、功能完善、定位明确、集约发展的"三带一园"格局，提高了苗木产业的综合效益。仅这一布局的调整，就新增苗木面积 8000 亩。

旅游、展览、种植，这本就是难以分清的概念，利用昌邑苗木种植的规模，把第一产业和第三产业有机连接，创造新的利润增长点，这样就大大降低了苗木种植的风险。

品牌，需要更多文化内涵支撑

文化，不是生硬的说教，在刘国田看来，文化要想深入，也需与市场结合，以市场作为载体。以生动的形式，吸引人的内容，潜移默化，春风化雨，所以，文化建设的最好形式就是用经济利益作为引导。

首先，他把各种与经济利益直接挂钩的各类培训班、各种讲座，搬进了绿博园，让绿博园化身为知识的讲堂，全国苗木科技、信息的制高点。如此一来，绿博会与绿博园，除了正常的交易功能外，还成为知识传播、技术交流、信息传递的平台。

自 2007 年起，除一年一届的绿博会外，在这里每年举行各种培训班 60 多场次，近万人受训；各种展览会、交易会 30 多场次；专业和民间文艺演出 100 多场次；接待国内外游客 80 多万人次。仅 2009 年正月就接待游人 20 多万人次，民间文艺演出达 40 多场次，各种讲座、培训班十余次。

随着绿博园硬件设施的不断完善，绿博园所承载的文化功能也日益多样。

绿博园逐渐成为集教育、旅游、休闲、娱乐、餐饮于一体的旅游景区，同时成为“全国农业旅游示范点”“国家 AAAA 级旅游景区”“山东省文化产业示范基地”“国家级苗木市场”“山东省摄影家协会创作基地”“昌邑市中小学生校外社会实践基地”“民间文艺编排演出基地”“党员教育培训基地”和“农民致富科技培训基地”，以及有关高校的“实习基地”等。

刘国田是一位播火者，他所打造的绿博园只是一个节点，他的初衷是“抛砖引玉”，他希望自己抛出的这块砖，能引出更多的玉。事实证明，绿博会的召开，以及绿博园的建设，点燃了昌邑人的绿色激情。

靠着绿博园的带动，昌邑发挥优势，按照“以水为脉、以绿为衣、以文为蕴、以人为本”的思路，打造出以潍河为主轴，以饮马千年梨园、绿博园、潍水风情湿地公园、流青园、柽柳林海洋生态特别保护区为重点的生态文化旅游长廊。目前昌邑市已有国家AAAA级旅游景区1个，国家AAA级旅游景区2个，省级旅游强镇4个、省级旅游特色村2个。

物质建设带动精神建设，环境发展带动文化发展，随着绿博会在国内外引起积极反响，在成为展示苗木业最新成果、汇集交流信息、共创发展机遇的重要舞台的同时，昌邑的苗木产业，从一枝独秀到万木竞春，从低产种植到高附加值发展，从中国北方绿化苗木基地到国家级苗木交易市场，逐步形成了特色彰显的苗木产业集群，在调整优化产业结构、促进农村经济发展、推动生态文明建设等方面发挥了积极作用。

刘国田，已经把这片绿色根植于昌邑大地，也根植于昌邑人民心中。

让传统美德在此弘扬

文化，对刘国田来讲，是一种情结。

由于历史的原因，刘国田只接受过很少的正统文化教育。但文化，并非只是书本上的说教，更重要的是在现实生活中对社会人生的体悟。正统文化教育的缺失，并没有消弭刘国田对文化尤其是传统文化的渴求，相反，激发了他对文化的更大热情。

经历过“文革”，经历过改革开放，对于西方文化对中国传统的文化的冲击，刘国田倍感焦虑。由于外来文化的冲击和现代价值观念的多元，许多人对传统文化和传统道德采取一种漠视甚至是摈弃的态度，似乎中国传统的就代表了“旧”，而外来的就意味着“新”，尤其是网络时代，人们在“大话”“水煮”“戏说”中享受着拆解正统文化成果的乐趣，却没能建立起新的统一的文明系统，甚至造成了一定时期内的信仰缺失、“粗鄙”盛行、道德滑坡的现象。

刘国田的骨子里根植着传统道德的基因，他始终认为五千年中华文明之中有太多的智慧宝藏和美德规范是不可或缺的。“修身、齐家、治国、平天下”的价值追求和“天下兴亡，匹夫有责”的担当，以及“仁义礼智信”的道德坚守，是每一个中国人应当具备的品质。而今，他希望在绿博园中注入更多传统文化的元素，这将是绿博园深厚的根系，也是绿博园应该担当的传播使命。

当你沿着206国道一路往东，在将要走到绿博园的时候，只要抬头，就能看见绿博园内一座高塔，卓尔不群地矗立在周围的建筑之间，这座庄严雄伟的楼阁式八角宝塔，就是2012年5月1日建成的崇圣塔。崇圣塔共七层一地宫，塔总高度46.8米，是整个绿博园最高的标志性建筑物。该塔采用砖石结构，立柱和斗拱全部采用一级青石雕刻而成。塔的外壁用16幅砖雕装饰，都是福、禄、寿、吉祥如意图案，塔基与塔身全部用汉白玉装饰而成，塔基外围是汉白玉浮雕历史典故，观之受益匪浅。崇圣塔按“忠、孝、礼、义、诚、德、仁”为序，每层一个主题，每个主题8个故事。

崇圣塔，是刘国田对中国传统文化的礼敬，也以最高的规格引领整个绿博园的文化主题。崇圣塔以图文并茂的形式，体现中国传统道德的核心含义。以崇圣塔为中心，在周围巧妙布局，把中国传统文化的主题，以建筑和景点的形式，逐步扩展开来。

紧邻崇圣塔的天音阁是弘扬儒家传统思想的场所，为仿清建筑，砖木结构，里面供奉的是儒家至圣先师孔子。天音阁北面为古戏台，南面为四龙喷泉，上面为阁，两侧分别是钟鼓楼。整个建筑雕梁画栋，展现了清代建筑风格。阁中孔子塑像为紫铜铸成，身高 2.78 米，座高 1.06 米，总重 0.5 吨。四周有麒麟送子、子路问津、杏坛礼乐等介绍孔子生平的壁画。两侧是乾隆皇帝为孔子的题联“气备四时，与天地日月鬼神合其德；教垂万世，继尧舜禹汤文武人之师”，横批为康熙皇帝题的“万世师表”。

孝，是儒家文化的核心思想之一，天音阁墙面上还有二十四孝图，这也是儒家文化礼、孝、仁、义思想的体现。在古代二十四孝故事中，山东人独占 9 席，包括舜（济南）、曾子（嘉祥）、江革（淄博）、闵子骞（济南）、董永（博兴）、老莱子（莱州）、郭巨（长清）、王祥（临沂）等。

与天音阁配套建设的是其南侧和东西侧各一处的四合院。

四合院的装修、雕饰、彩绘处处体现着民俗民风和传统文化，表现了在一定的历史条件下人们对幸福、美好、富裕、吉祥的追求。如处处可见的蝙蝠与寿字组成的图案，寓意“福寿双全”；而在花瓶内安插月季花的图案寓意“四季平安”；还有嵌于门上的吉祥词语和花鸟图案，附在檐柱上的抱柱楹联，以及悬挂在室内的书画佳作，更是集贤哲之古训，采古今之名句，或颂山川之美，或铭处世之学，或咏鸿鹄之志，风雅备至，充满浓郁的文化气息。进入四合院，犹如步入一座中国传统文化的殿堂。

院内一般摆放盆栽花木，最常见的是石榴树、夹竹桃、金桂、银桂、杜鹃、栀子等等，各有吉祥意义。

天音阁北面是2010 年建成的伽蓝殿，殿里供奉的是文昌帝君、苏福禄、关公、沈万三、赵公明五位财神。这里寄寓着人们对于富足的渴望，而在五位财神中，关公位于最中间的位置，又有着更深的教化意义。关公也称“关圣帝君”“万能神”，原名关羽，字云长，是三国时代的名将，与刘备、张飞桃园结义，对国以忠、待人以仁、处事以智、交友以义、作战以勇，形象威武，忠义千秋，彪炳日月，豪气冲天。受民间推崇，他渐由“万世人杰”上升到“神中之神”。传说关公管过兵马站，长于算数，发明日清薄，讲信用，重义气，一言九鼎，民间观念义气聚财，故能招财进宝，生意兴隆。

刘国田说：“我们就是要告诉大家：君子爱财，取之有道。”

中国传统文化渗透绿博园的各个细节，在绿博园中，处处可见这种景观与中国传统文化相结合的建筑。在绿博园中游览一遍，既是视觉美感的享受，又是一场中国传统文化的熏陶。既彰显道德的高尚，又贴近人们的生活追求，是绿博园文化景观的一大特色，也彰显了刘国田从实际出发，以符合现实生活利益的方式，推动文化发展的思路。

打开一扇昌邑历史文化的窗口

昌邑是中华民族古代文明的发祥地之一。境内已发现多处新石器时代遗址。从胶莱河、潍河沿岸大汶口文化和龙山文化遗址推断，至今已有五千年的文明史。在长期历史变迁中，昌邑形成了独特的民俗与文化遗产。

刘国田从小在这样的乡村文化氛围中长大，耳濡目染，对昌邑的乡土文化产生了深厚的感情。随着时间的流逝，传统的生活方式逐渐为现代生活方式代替，一些承载着浓厚乡土气息的民俗文化，也逐渐凋零。

把景点与民俗相结合，把昌邑的民俗文化植于其中，让人在游览的过程中，能近距离地感受昌邑的历史和人文，也进一步促进了昌邑文化遗产的传承与发展。

把民俗、历史与现实生活结合，在生活中植入历史元素，是绿博园的一大特点。

2007 年，为了适应博览会接待的需要，刘国田又是自己投资自己设计自己施工，建成了一所面积4500平方米的古色古香的会议接待中心，清代建筑风格，砖木结构，雕梁画栋，气势恢宏。这座建筑的妙处就在于，它既是接待中心，又是绿博园一处重要的景点。因清末昌邑出了一位丙戌科武状元宋占魁，所以这座建筑又带有一定的纪念意义，被称作“状元楼”。

昌邑有着悠久的历史，有历史记载的有孙膑瓦城采邑、秦始皇东巡的烽火台、徐福的旧址等。民间的传说也很多，如韩信潍河折戟沉沙、赵匡胤饮马潍河、八仙东游路过昌邑南部、乾隆遇难昌邑北部等。流传至今的民俗“小章竹马”已被列入山东省非物质文化遗产，纪念古代著名军事家孙膑的“正月十四烧大牛”活动也被列入潍坊市非物质文化遗产。

绿博园内的民俗古典园则成为昌邑历史文化的一个缩影。既有昌邑的古建筑、昌邑的民俗和昌邑的典故，又有本乡本土的苗木花卉。该园以昌邑母亲河——潍河的缩影贯穿其中，两侧建设了体现乡土特色的亭、台、楼、阁、廊、榭等仿古建筑，各个流派的盆景、全国各地的植物点缀其中，既反映了昌邑丰富的地域文化底蕴，又表现了苗木大市的勃勃生机。民俗古典园里的10组雕塑，有的是名人故事，有的是民间传说，有的是自然景观，有的是产业历史，造型各异，引人入胜：

献鲤拜师。昌邑白塔村人陈干，一生从事反对外侮活动，是山东最早的同盟会发起人之一。幼时的陈干听说县令胡师孝博学，想拜他为师。有天胡县令乘轿出巡，陈干下河捉了一条鲤鱼，拦轿献上鲤鱼要求拜师，胡县令爱惜陈干的才志，就收为弟子。

师孝脱靴。胡师孝，晚清时任昌邑知县。任职期间，他勤政廉洁，口碑极好。调任时，走到昌邑与寒亭交界处，自己把穿的靴子脱下来，在地上磕了磕，挂在了树上，然后换上布鞋离开了昌邑地。

他的这个举措表明，不带走昌邑的一粒土，更何况其他！

将军雕塑。武将宋占魁，是昌邑王珂村人，清末武状元。慈禧太后赐他花翎，任过太原总兵等职。

公婆庙传说。宋朝开国皇帝赵匡胤曾避难于昌邑夏店镇庙头村，村民方生、方婆家贫无米，为了留住客人，方婆在锅里煮了一只瓢，让老汉去南面的马家庄借米，用借来的米做饭，让赵匡胤吃了。后来赵匡胤做了皇帝，总念念不忘这两位救命恩人，派特使来到民间寻找两个老人。可惜，老两口儿已在贫病交加中离开了人世。为报答二位老人的大恩，命人建立了“公婆庙”，并在大门两侧，题对联一副：上楹曰“空瓢留住客”，下楹为“借米到南庄”。题公婆庙屋门上楹曰“闲人免进贤人进”，下联为“盗者莫来道者来”，横匾为“进尽出处”。在庙的周围，还修建了琵琶湾和玉石桥。为便于人们参观瞻仰，还修建了9条大道。民间至今流传着一句谚语：“公婆庙，九条道，琵琶湾，玉石桥。”

姊妹易嫁。雕塑是妹妹坐在椅子上，对镜检视自己的梳妆打扮，等候出嫁。姐姐立于其后，似乎在窃喜。故事是这样的：一个民夫将大女儿许配给一个书生，书生高中状元后，为检验该女子的心志如何，扮作落魄书生去迎亲。大女儿嫌他贫穷，不愿嫁给他，妹妹为了替父亲践行诺言，替姐出嫁了。

小章竹马。这是昌邑市宋庄镇西小章村的一种形式独特、沿袭年代久远的民间歌舞。小章竹马表演与其他民间歌舞不同，有独特的表演艺术特色。它表现了元代蒙古族的历史内容，讲的是元代武将的故事，人物的名字有鲜明的元代蒙古族特点，唱腔唱词与元曲有密切关系。据当地马氏祖辈传说，这种竹马是他们的先人为纪念元代山西提督二世祖马元押送美女事件而创立的，数百年来一直是封闭式的家族传承。

传播文明，传承文化，刘国田觉得这是自己的责任，他不仅要带领乡亲们发家致富，更要让父老体会传统之美，并在耳濡目染中，自觉传承。与此同时，绿博园、绿博会作为载体和契机，还可以向中外来宾宣传昌邑的历史，可谓一举多得。

五 绿色中成长的生命价值

在后来的许多宣传中，与莫言所写的相似，刘国田大都是与昌邑苗木紧紧连接在一起的，毕竟他是这一产业的引领者和推动者，也是昌邑苗木市场的开拓者和昌邑绿博园的建设者。他的生命价值，在这一项事业中得到了较为充分的体现，而他的聪明才智也在这一事业的发展进程中闪烁出了独特的光芒。

通过苗木种植改善环境，昌邑不仅做到了，而且他们也在为其他地区的环境改善不断输送着苗木产品和技术资讯；以苗木种植推动农业结构调整，在刘国田的带动下，昌邑也做到了，而且带动起了旅游等相关产业的发展；通过农业结构调整，增加农民收入，他们也做到了，而且做得超出预期……

所有这一切目标的达成，其实都伴随着刘国田人生价值的实现。所以在此背景下，我们来剖析他的人格特点与思想观念，或许会对许多的企业家、成功人士甚至是每一位普通人都有着特别的启示意义。

无私，是一种气度和境界

2007 年绿博会结束以后，刘国田感觉绿博会的品牌形象已经基本确立，绿博园也已经基本建设成型，而昌邑的苗木产业发展也步入正轨，金丝达集团的11个苗木公司同样处在良性运行之中，他的精力开始转向印染污水的治理，所以找到了当时的昌邑市委书记，希望把绿博园交给政府。

书记一听，就瞪大了眼睛："你是不是有啥想法啊？"

刘国田还是嘿嘿笑着："是啊，我正在搞印染污水的治理，什么都得从头学，精力有限啊。所以想把绿博园交给政府，反正绿博会本来就是政府承办的嘛。"

书记说："当初不是说没意见吗？怎么现在又把这个问题提出来了呢？你投入那么大，政府哪有那么多钱买啊？"

刘国田说："我不是卖，是送给政府。"

"送？你舍得送啊？"

刘国田说："本来就是大家的，没有什么舍得不舍得的。"

书记想了想，还是摇摇头说："不行，不行，咱们这是政府唱戏，企业买单，这形式就很好，政府不要你的。"

刘国田嘟哝着："这叫什么事儿，还送都送不出去了。"

说完跟书记四目相对，两个人哈哈大笑起来。

书记知道，偌大一个绿博园，一年一届的绿博会，在刘国田的手里已经日趋成熟，并且名声在外，如果交给政府，不仅管理上会有一定的难度，资金来源也是一个问题，如果将来出现什么问题，那对昌邑的苗木产业发展可是一大损失。他跟刘国田说："最困难的时期都过来了，现在绿博园和绿博会都成了大品牌了，你现在撒手，万一有什么闪失，我没法向昌邑人民交代啊，我看你这个'冤大头'还是继续当着吧。"

"好吧，好吧，就这样吧。"刘国田答应着，"不过我得提一个条件。"

"什么条件，尽管说。"

"以后的一些公众活动，我尽量少参加，好腾出精力来做研究。"

“这个我答应，”书记表示理解，但又补充道，“不过呢，该出面的时候，你还是得出面啊。”

书记也是无奈，毕竟刘国田已经成为昌邑苗木产业的一个品牌形象，一些领导和客户来了，还必须得刘国田出面才行。

从那以后，刘国田再没有提过送出绿博园的事情，他仍旧继续投资建设，继续让每年一届的绿博会花样翻新、不断升级，自己挤出时间做自己的研究，并在环保领域做得越来越深入，也取得了令人惊叹的实绩。

被评为国家 AAAA 级景区的昌邑绿博园，一直都是开放式的，从没有收过门票。在多年的时间里，不断有人建议收门票，可以通过门票收入来“以园养园”。刘国田总是淡淡地说：“算了吧，别弄得来参观的人心里不痛快。”

有人曾经问他：“你本来希望通过苗木带动旅游业来降低风险、增加收益，却又一直不收门票，这是不是有点自相矛盾？”

他笑笑说：“旅游收入可不只是门票一条途径啊，服务业、餐饮业、商业等等都是可以靠旅游业带动的，你比如说，周边兴起的‘农家乐’餐饮就是这么带动起来的。这其实就是舍与得的道理。”

正如他常说的“君子爱财取之有道”，发展旅游产业不只有强收门票一条增益途径，他相信只要有人气，就能有收益。或许这些收益不是流入他刘国田的口袋里，但总归是留给了昌邑百姓。

无私奉献，这个词儿在当今时代似乎显得有点老套，它似乎只是在一些官样文字中才会出现，且往往被认为是口号或美化的修饰，反而是那些拜金主义和利己主义的思想行为更能得到理解，因为很多人觉得这样才真实。但是，刘国田的确就是这样的无私，用有些人的话来说，就是个“傻子”。

“傻子”的价值是精明的人无法理解的

十几年来，刘国田不断地投资建设，到底在绿博园和绿博会上花了多少钱，钱又是从哪里来的，他从来不说，也几乎没人问过。我们做了一个大体的估算，这些年他在这方面的投资已经超过一亿两千万元，而这些钱都是印染厂的收益转过来的。这是真正意义上的“以工补农”，而且是以自己的“工”去补大家的“农”。

也有人问刘国田：“你在苗木上赚了多少钱?”他说：“赚了不少，但现在还都在地里呢。”

苗木的特点是边挖边栽，树苗卖了钱，又要买新苗栽种。如今，他的 11 个苗木公司，两万多亩苗木基地，总价值一个多亿。但这仅仅是价值，除了养活苗木公司的人员之外，其余的钱都在苗木基地里周转。

他没有花苗木上的钱。他的苗木业运行的实际价值，就在于美化环境、引领行业发展，并让真金白银通过土地租金和打工工资等方式落进当地农民的手中。

用当地话说，刘国田这是“干打忙活”，也就是白白给自己添忙活又没有收获的意思。

当然刘国田的“傻”还不止如此。

绿博园大量投资那几年，正是房地产热兴起的时候，凡是有点实力的企业，都纷纷进入房地产行业，捞取滚滚而来的利益。很多人鼓动刘国田抓紧时机搞房地产，也有人直接来拉他入伙。因为大家都明白刘国田的独特优势，他自己设计施工样样精通，堪称房产专家，再者是他人脉好，跟市里的关系处理得好，要拿地应当比别人容易很多。事实上，市里的领导也确实因为刘国田一直在进行大量投资而无所求，建议他进入利润丰厚的房地产行业弥补一下自己的损失。

对任何人的劝说，刘国田只是说："我干不了。"

许多人觉得特别惋惜，也有很多人认为他就是犯傻。

几年之后，房地产行业跌入低谷，有很多投资者败下阵来，有的甚至血本无归。这时候，他们又说："还是刘国田有先见之明啊。"

其实，这根本不是什么"先见之明"，而是他的价值观念的作用。他说："如果纯粹是为了赚钱，那么我肯定去做房地产行业，也有可能会赚个盆满钵满，可是我又用不着那么多钱，那就没有意义了。"

我们在第一部里曾经讲过他的金钱观，有意义的才算有价值。如果纯粹为赚钱而赚钱，不过是为数字劳累的金钱奴隶而已。

他认为投资苗木"有意义"，因为能造福乡梓，惠及子孙。

这，便是"傻子"的价值。

得道多助，人格魅力也是价值体现

刘国田平日里少言寡语，老实憨厚，不会说不会道，也不会表现得对人热情似火。用流行的话来说，就是情商比较低。但奇怪的是，跟他打过交道的人，大都是一拍即合，且这一"合"即密不可分，成为至交挚友。有人说，刘国田有他的个人魅力，能像磁石一样吸引人。刘国田却说，自己的成功多亏了有那么多人的鼎力支持。

事实上，我们清楚，他的不求回报、坦诚实在才是最长久的"情商"。而且只有无私的人才能换来无私的支持与帮助。正如《孟子·公孙丑下》所言："得道者多助，失道者寡助。寡助之至，亲戚畔之；多助之至，天下顺之。"

发展苗木之初，刘国田去中科院植物研究所取经，找到了一位业界颇有名气的老专家，老人最初并没有对这位朴实憨厚的山东农民有啥特别的感觉，只纳闷儿他怎么有胆子直接闯到中科院去求教。但两人聊了不久，便越来越投机，老专家面授机宜还不过瘾，竟然在百忙之中直接跟着刘国田回了昌邑，进行现场考察指导。正是这位老专家向他们推荐了不少的稀有树种，像复叶槭、七叶树等等。七叶树在北京的寺庙里被称作娑罗树，也有人把它叫成菩提树，总之是佛家推崇的佛树，是被誉为“活文物”的植物，因为当时树种很少，老专家慷慨地把他存的种子，全部都给了刘国田。

黄言强，原本是昌邑市公园的管委会主任，他是林业大学园林专业的毕业生，在昌邑是这一行业少有的专业人士。2001 年，市里刚刚成立园林处，是建委属下的事业单位，常委会已经研究决定，黄言强调任园林处长，属于提拔重用。

但就在此时，刘国田给市委书记打电话说：“书记，我想跟市里要一个人，不知道领导们舍不舍得放他?”

书记说：“市里肯定要支持你的工作，你说想要谁吧。”

发展苗木业是当时昌邑市推动的重点工作之一，刘国田所起的带头作用有目共睹，支持他就等于支持市里的工作，对于市委书记来说，调个人还是非常简单的事情。但当刘国田说出黄言强的名字的时候，书记为难了：“这个人可能有点难度，刚提拔他当园林处长，常委会通过了，正准备谈话呢，这会儿让他去企业，不知道黄言强愿不愿意去啊。”

在那个时候，在山东，像昌邑这样的县级市，人们的观念还是相对保守的，“学而优则仕”的思想仍旧起着作用，在党政事业单位工作，那是旱涝保收的“铁饭碗”，尤其是昌邑的发展形势让学园林的黄言强有了更多的事业上升可能，书记的担心确实在情理之中。但他不知道的是，在此之前，因为刘国田经常向黄言强请教一些专业问题，寻求一些具体的技术帮助，两人已经结下了深厚的友谊。黄言强感受到刘国田搭建的舞台对自己有着难以抗拒的吸引力，主动找到刘国田，表示愿意加入金丝达集团的阵营，刘国田才给市委书记打的这个电话。

书记说："只要他本人愿意，那就没问题。"

为了慎重起见，书记安排组织部长跟黄言强谈话，征求他的意见，并说如果黄言强有后顾之忧，可以考虑先停薪留职。想不到的是，黄言强一见到组织部长便说，是他主动找刘国田，表达去金丝达工作的愿望，如果现在需要表态，他愿意放弃职务和薪金，到企业去发挥自己的所长。

于是，黄言强成为昌邑从事业单位辞职去企业的第一人。他担任了金丝达集团公司分管苗木生产的副总经理，并亲自兼任了一个苗木公司的总经理，用他的所学，为金丝达集团的苗木产业做出了巨大贡献，助力刘国田建立起自己的绿色天地。而刘国田，一直都将黄言强奉为苗木专业的老师，向他请教专业知识，尊重他的专业意见，即便如今刘国田自己也已经堪称苗木专家，对黄言强依旧敬重有加。

还有一个重要人物是我国著名的经济林专家、原西北林业学院院长王性炎教授。王教授在一个偶然的机会到了昌邑，作为著名的林业专家，自然要见一见当地的"苗木大王"刘国田，谁曾想，两人一见如故，相谈甚欢，大有知音难觅、相见恨晚的感觉。

王教授向刘国田介绍自己研究的成果，而刘国田敏感地捕捉到了他的研究成果中潜藏的巨大商机，两人一拍即合，决定以元宝枫树种为突破口，开发衍生产品，将刘国田的苗木产业引向深入。

创造的价值总在拓展延伸中体现

在此之前，刘国田已经着手研究探索苗木产品深加工制造衍生产品的问题，并且开始利用海棠果酿酒酿醋。但是在他看来，王性炎教授送来的才是真正的"宝贝"，元宝枫的未来价值不可限量。

在百度百科里，元宝枫的词条是这样解释的："元宝枫属于槭树科、槭树属，落叶乔木，高 8 ~ 10m，树皮纵裂。单叶，单叶对生，主脉 5 条，掌状，叶柄长3～5cm。伞房花序顶生，花黄绿色。花期在5月，果期在9月。元宝枫树树姿优美，叶形秀丽，嫩叶红色，秋季叶又变成黄色或红色，为著名秋季观红叶树种。弱阳性，耐半阴，耐寒，较抗风，不耐干热和强烈日晒。”

而在“主要价值”一栏，也是将其“观赏价值”放在首位，“元宝枫嫩叶红色，秋叶黄色、红色或紫红色，树姿优美，叶形秀丽，为优良的观叶树种。宜作庭荫树、行道树或风景林树种。现多用于道路绿化。元宝枫耐阴，喜温凉湿润气候，耐寒性强，对土壤要求不严，在酸性土、中性土及石灰性土中均能生长，对二氧化硫、氟化氢的抗性较强，吸附粉尘的能力亦较强。是优良的防护林、用材林、工矿区绿化树种”。“经济价值”部分，也只是轻描淡写的描述：“1. 优质食用油新资源。其籽颗粒大，含油量高。元宝枫种仁含油量为48%，机榨出油率35%，高于油菜籽出油率。元宝枫是含油酸和亚油酸的半干性油，其中必需脂肪酸——亚油酸和亚麻酸高达53%，油质优良，是食用植物油中不多见的。2. 优质蛋白质新资源。元宝枫种仁含蛋白质25%～27%，不含淀粉，在植物种子中是鲜见的。种仁提取油后，油粕是很好的食用蛋白质。据测定，元宝树蛋白质中含有9种人体必需的氨基酸，属完全蛋白质，制取的优质食物味道鲜美，是理想的蛋白质资源。”

20世纪70年代初，是我国食用油供应困难时期，王性炎教授首次用元宝枫种子榨取食用油，并用油渣制造出优质酱油，受到陕西省政府的重视。1990年，“元宝枫开发利用研究”列为陕西省“八五”科技攻关项目。1996年，林业部和中国科学院将“元宝枫丰产栽培及产业化技术”列为“九五”国家科技攻关专项，并对元宝枫丰产栽培技术、树叶的化学成分、绿原酸与黄酮提取小试、果实的机械脱粒和榨油技术等进行了深入研究，被认定为“九五”国家重点科技攻关林业项目重大成果之一。王教授倾注了几十年的心血，研究元宝枫树的开发利用。经他研究证明，元宝枫油具有很强的抗氧化、抗血凝和防腐杀菌消炎作用。尤为重要的是，专家在元宝枫籽油里还发现了一种惊人的物质——神经酸。它是世界科学家公认的、唯一能修复疏通受损大脑神经通路神经纤维并促使神经细胞再生的双效神奇物质。它的缺乏，将会引起脑中风后遗症、老年痴呆、脑瘫、脑萎缩、记忆力减退、失眠健忘等脑疾病。而人体自身又很难生成神经酸，只能靠体外摄取来补充。

但是，这种被国际公认的神奇新资源食品的推广过程非常缓慢，一个原因是树种稀少，另一个原因则是很多人不会轻易相信。

从我们所列举的“百度百科”的解释也能看出，人们并没有对元宝枫的真正价值引起足够的重视，甚至对其所含的特有物质“神经酸”并未提及。事实上，刘国田的苗木基地就种植了不少在昌邑当地被称作五角枫的元宝枫，但跟绝大多数人认为的一样，主要是用作绿化与观赏的。

已经八十高龄的王性炎教授，由于长期食用元宝枫油，不仅精神矍铄，面色红润，居然还是一头黑发。这样的现身说法再加上王教授的专业介绍，刘国田不仅相信，而且有一种“踏破铁鞋无觅处”的兴奋，他立即表态：“这是老天留给咱中国人的宝物啊，咱不开发利用，那简直就是罪过，我愿意跟您老合作，咱们把这个宝贝给推广出去，让更多的人享受它的好处。”

四十多年的研究成果，终于有了识货并且愿意将其大规模推广的人，王性炎教授当然也是非常激动，他紧紧握着刘国田的手说：“我相信你的诚意，更相信你的能力。”

科研成果向市场的转化，就需要像刘国田这样懂市场并且肯打造市场的人。

随着对元宝枫研究的不断深入，刘国田越来越兴奋。

元宝枫一身都是宝。它集油料资源、栲胶资源、蛋白质资源、医药保健、化工原料、风景观赏、水土保持及特用木材等价值于一身，集经济、生态和社会效益于一体。

目前，国内外神经酸主要来源于深海鱼油及鲨鱼脑，从这些原料中提取神经酸困难大、成本高，纯度为98%以上的每千克售价为120万元。因此，国内外市场神经酸缺口很大。而专家们却发现元宝枫油不饱和脂肪酸总量达到90%以上，富含神经酸约5%～7%。这些研究数据说明，元宝枫已成为开发神经酸的重要新资源，将填补国内外神经酸市场的缺口。

元宝枫油中高含量的维生素E（125mg/100g），在国内外食用植物油大家庭中也是罕见的。它所含有的维生素E是橄榄油、棕榈油的3倍，花生油的2倍。

于是，他马上开始采集树种。元宝枫树籽榨油比较复杂，种子小，且需要剥去外壳和内皮才能榨取，由于缺少需求，市面上还没有现成的元宝枫籽榨油机器。当然，这对于善于钻研而且有丰富机械制造经验的刘国田来说，并不是什么问题。在王教授的指导下，他自己的元宝枫籽榨油机器很快就制造出来，并且一次榨油成功。

第一批元宝枫油出来，刘国田首先在自己身上做实验，同时也送给身边熟悉的人和老朋友一起分享，查看到底能不能感受到那种神奇的效果。

最初，很多人是拒绝和怀疑的，他们说："刘国田，你这又是弄了啥奇怪玩意儿？不会有毒吧？"

刘国田说："尽管放心，元宝枫油是国家批准的食用油，不会药人的，不光中不了毒，还对身体健康有很多的益处呢。"

果然，过不了多久，那些曾经怀疑的朋友又纷纷来讨要元宝枫油。他们有的说头发变黑，有的说胃炎减轻，有的说缓解皮肤过敏有用，有的说咽炎鼻炎也好了……刘国田嘿嘿一笑："你们这就有点夸张啦，要是啥病都能治，那还不成仙丹了？"

尽管这些人的说法有夸张的成分，但刘国田认定这是个好东西。测算发现，一亩元宝枫，比大豆产油量还要高，品质还要好，而且这种树又不挑地方，中国北方几乎都可以种植。

联想到中国油料市场，刘国田开始测算，如果推广开来后，将会给农民增加多少收入……

除了元宝枫种子可以榨油外，它的叶子可以制成茶叶。元宝枫茶，不用添加任何香料，经过炒制之后，就散发着诱人的清香，而且具有普通茶叶所不具备的保健效果。

如今，金丝达集团的元宝枫油和元宝枫茶，已经开始投入市场。

“元宝枫产品的开发，不只是它自身的经济价值得到了肯定，更重要的是我们的苗木业发展，又有了一个新的标杆，昌邑人可以充分发挥聪明才智，寻找更多的发展方向和发展渠道，这才是它更大的价值。”刘国田如是说。

梦想中的绿色之路永无尽头

“他甘当实现绿色财富梦想的领路人，用‘中国北方绿化苗木基地’‘全国农业旅游示范点’‘国家级苗木交易市场’等多项殊荣扮靓绿色昌邑，让昌邑苗木走向了全国，更让四海宾朋倾情于昌邑这片沃土。”这句话出现在2009年2月2日召开的昌邑市经济工作会议上，是刘国田获得最高奖项——特殊贡献奖的颁奖词。这是他连续5年获此奖项，也是昌邑市对他坚持绿色发展理念、发挥旗帜性作用的高度赞赏。

也就在那一年，他已经完成了印染污水资源化利用的研究，并且已经开始了生活垃圾资源化利用的研究。

此后的这些年，“送不出去”的绿博园，依然在他们金丝达集团公司的管理下运行着，“躲不开”的绿博会，也依然在他们的策划组织中不断升级。昌邑的苗木产业就像当初撒下的一粒种子，经过十几年的培育成长，而今已经长成了根深叶茂、高耸入云的参天大树，不仅能抵御市场的风吹雨打，更为当地百姓遮风挡雨，生长出希望与富足的累累硕果。

2015 年 9 月 21 日上午，2015 中国（昌邑）北方绿化苗木博览会、第二十届中国园林花木信息交流会开幕。

本届绿博会由国家林业局、山东省人民政府主办，山东省林业厅、中国花卉报社、潍坊市人民政府、昌邑市人民政府、中国（昌邑）北方花木城承办，金丝达集团公司也再度成为承办单位之一。这一届绿博会突出“传播绿色文化，建设美丽中国”主题，以“合作发展，携手共赢”为副主题，一直延续到 10 月 7 日结束。

今年绿博会设会展中心和花木城两大展区，展位 1000 个，主要展出园林绿化苗木及相关产品、园林机械、园艺资材、苗木生产技术和科技成果等。参展企业 1000 多家，分别来自江苏、河南、北京等国内 19 个省市区，专业观众超过 8 万人。

本届绿博会的另一个特点是，探索市场化协作办会新理念，在以往主办单位和承办单位的基础上，增加 18 家全国知名苗木企业作为协办单位，让这些企业也成为大会的“东道主”和“主办方”，用市场杠杆撬动绿博会优化升级，真正实现了“苗木人办苗木会”，打造前瞻性、专业性、高端性峰会。

期间还举办了中国园林花木信息交流会、2015 中国园林苗木行业领袖年会、绿博会专业奖项评颁奖仪式、中国传统花艺研习院和山东省森林文化研究会创作基地揭牌仪式、花卉盆景奇石展销会等活动。本届绿博会成为一届集全面展示园林花木行业最新成果、扩大信息交流与合作、引领园林花木行业现代化水平、促进文化旅游发展于一体的苗木产业峰会。

9 月 22 日上午，笔者再次来到绿博园，在人潮人海中感知昌邑人在自己特有的节日里的喜悦。展厅里依然是各大苗木公司的展位，各种各样的苗木品种，除了实物之外，有的以视频展示，有的则是以巨大的喷绘展示，花样繁多，令人目不暇接。而展厅之外的道路两边，都已经被各种各样的摊点占满，这里有许多来自全国各地的私人花草苗木的培育者，他们出售奇花异草的种子、苗木，也有许多借节日人气之势的摊点，他们销售的产品像庙会一样丰富多彩，不局限于苗木产品。昌邑的百姓、外地的游客人来人往，川流不息，完全是一派熙熙攘攘热闹非凡的节日气氛。

在头天举行的简短开幕仪式的主舞台上，来自昌邑各个村庄的几十支秧歌队正在进行轮番表演。经过询问得知，这都是各个村庄自发组织的秧歌队和锣鼓队，他们平时在农闲时间自己排练，每到春节、元宵节等重大节日都上街表演，今年绿博会更是全部集中到了绿博园来助阵。在喧天的欢快锣鼓声中，打扮得花枝招展的大妈们齐刷刷地扭着秧歌，浓墨重彩的脸上洋溢着舒畅的笑容。一位看起来七八十岁的老大爷，着长袍戴礼帽，自己也踏着鼓点扭动，并指挥全体大妈的动作。在大妈中间，另一位同样七八十岁的老大爷则穿着不合身的花哨的衣服，脸上涂抹成小丑模样，以各种难度颇高的又滑稽可笑的动作在大妈中间穿梭，引得观众发出一阵阵掌声和笑声……

在山东，我们还从未看过如此原生态而又如此“放得开”的民间演出，他们那种发自肺腑的喜悦表达，颇有古书里记载的人们在“情动于中”后的“手之舞之足之蹈之”的神韵。

这或许是已经富足起来的昌邑农民给予绿博会的感恩与敬意的最真挚表达了。

近几年来，我们看到过许多关于中国农村的文章和报道，因为生计所迫，有些村里的青壮年都选择外出打工，于是就出现了“留守老人”和“留守儿童”的概念，有的村庄甚至成了“老人村”和“老幼村”，而相应的社会问题也随之出现。众多的媒体报道，似乎很大程度上在渲染这种亲人别离之思念与困苦，来换取大众的感动以及对一些极端性悲惨事件的震惊。在感动和震惊之余，我们都会有所思考，如何能解决这些问题？答案很明确，如果农民能在自己的家乡获取足够的收益，他们就不需要离乡背井、骨肉分离地去遥远的城市打工，如果在家乡能够过上幸福美满的生活，他们会留在故土，并把它建设得更加美好。从这一点来说，能够释放发自肺腑的欢乐的昌邑人似乎已经做到，一方面，是因为昌邑市委市政府的农业结构调整政策找准了方向，另一方面，刘国田的模范带头作用和无私付出也是功不可没的。

我在想，刘国田的绿色之路虽然走得坎坷走得曲折，但是最终还是成为一条铺满鲜花的光荣路径，而且放眼望去，永无尽头，他依旧会带领着这些父老乡亲，坚定地走下去。他有这份责任，也有这样的情怀。

第三部　挑战者

——垃圾资源化利用解决“世界难题”

从未停歇的思想
在更高的高处或更远的远方
灵魂的坚守与担负
是无法计算的道义重量
即使是凡常的生命
也要散发出惊天动地的光芒

北京告急！香港告急！广州告急！上海告急！济南告急！……

中国近三分之二的城市告急！

这不是战争，这是人类自己制造的垃圾带来的生态灾难。

这是一个世界性难题，在今日中国显得尤为突出。

一方面，伴随着城镇化的快速发展，13 亿多国人产生的垃圾总量不断攀升，仅2012年全国城市生活垃圾清运量就达到1.71亿吨：北京，日产垃圾1.8万吨；上海，日产垃圾1.9万吨；广州，日产垃圾1.8万吨……如此庞大的数量，足以让任何垃圾填埋场很快就成为垃圾山；另一方面，随着人们环保维权意识的持续增强，新建垃圾处置设施的难度越来越大，许多城市现有垃圾处理能力已接近饱和或超负荷……

如果不是写刘国田的故事，如果刘国田没有做与垃圾处理有关的事情，或许迄今为止笔者还跟大多数人一样，只因为常常遮天蔽日的雾霾导致呼吸困难而担忧空气质量，因为看到一些淌着黑水的河流以及因为地下水污染而出现的“癌症村”而恐惧水资源的污染，甚至也会因为各种有毒食品的信息而惶惶不安，而对于自己每天都在制造的垃圾，完全是“眼不见为净”的态度，除了偶尔看到垃圾填埋场和垃圾焚烧厂周边的民众阻挠甚至抗议的报道之外，并没有什么特别的关心。

然而，当笔者因为搜集资料的需要，深入这一领域进行考察了解的时候，居然就产生了一种“山雨欲来风满楼”的强烈危机感。在我们的视野之外，“垃圾围城”和“垃圾围村”已经成为一种普遍现象，并且随着垃圾数量的不断增多和土地资源的不断减少，其矛盾已经突出到了迫在眉睫的地步。

垃圾处理，被称作“世界性难题”。但只有初中文化水平的农民刘国田，就向这一“世界性难题”发起了挑战。

一　“世界性难题”的挑战者

当一整套“生活垃圾资源利用系统”横空出世之时，无论从其研究设计的时间长度还是其诞生的背景而言，都可以说是出人意料，甚至堪称匪夷所思。

一个困扰了全世界几十年的难题，难道就被这个山东农民用几年的时间给轻易解决了？

一项在世界各地无数专家学者耗费难以计数的科研经费都依旧倍感头疼的问题，就被一个初中毕业的人给破解了？

每每给不了解的朋友说起此事，常常得到的是这样的回答：“别开玩笑了。谁要是真把垃圾问题解决了，能获诺贝尔奖。”这样带有嘲讽意味的否定也会让我们在心理上有所动摇，甚至怀疑自己的判断。

但是，“耳听为虚，眼见为实”，我们无法怀疑自己的亲眼所见。

见证“化腐朽为神奇”

2014 年 7 月，我们来到位于昌邑市北海路北首的潍坊金丝达公司，这里是一座新建的有点欧式风格的建筑，颇为气派。绿树环绕的院子里，绿茵茵的草坪间，一丛丛的红花开得艳丽。而在院子的一角，堆放了一些乌黑的圆板状物体。刘国田告诉我们，这是塑料污水井盖，就是用垃圾中的材料制作出来的。这已经引起了我们一行人的好奇，纷纷试着去踩踩，发现其有着非常强的坚硬度。

进了楼房才发现，这座建筑仅有一面用作办公室，另一面是大排的玻璃窗，透过玻璃窗看到的，便是正在运转的复杂的垃圾处理设备。

在二楼的展厅里，桌子上摆满了塑料、再生塑料制品、再生原油、建筑材料等物品。刘国田说，这都跟院子里的井盖一样，全部为垃圾资源利用的产品。到了这里，原本感觉憨厚的刘国田就像变了一个人，满脸的自豪甚至是自得，如数家珍地介绍每一件物品的来路，他说建筑材料来自垃圾中的砂石，而那些清澈的原油来自一些塑料垃圾：“你们看看这些油，品质很好，一吨精油要卖 6000 多元，而且供不应求呢。”

墙上有一排屏幕，屏幕上全程监控着垃圾回收利用的全部过程：一车车的垃圾进入，进行淘洗破碎，然后是分选，砂石、塑料、金属、橡胶……进入各自的区域，分离出来的铁回收利用；重物经过清洗后制成建材；轻质物如塑料、化纤、橡胶类，可进行裂解生产再生原油，也可以进行气化生产燃气。

一排高大的厌氧罐上写着“让环保扎根现在，用绿色昭示未来”。淘洗液进入厌氧罐进行厌氧分解，产生沼气，沼气用于发电，厌氧后产生的沼渣沉淀浓缩成燃料和肥料。

淘洗过程中的污水经过厌氧分解产生沼气、沼液、沼渣以后已经成为不含有害物质的中水，可以循环利用，继续用作淘洗水。

这是名副其实的“化腐朽为神奇”。

尤为神奇的是，在系统运行的车间里，只有一个工人。而在展览室和会客厅都有一排显示屏，实时监控各个环节的运行情况，刘国田的手机上也能够随时看到，他说自己不论走到哪里，都可以打开手机，随时监控。不言而喻，这套系统不仅自动，而且智能。

刘国田介绍说，这套系统已经经过了五年的研究改进，企业投入资金已近两亿元，期间经历过难以计数的技术改造升级，而整体设备更新换代就到了第六代。

我们真的无法想象，这么一套纷繁复杂的设备是如何制造出来的，而这种制造又是在怎样的设计蓝图上研究出来的，这种研究又是在怎样的理念指引下在怎样的环境条件下完成的。

毕竟，这是一个“世界性难题”。毕竟他是一个只有初中文化水平的农民，没有任何的基础，更没有像那些著名的研究机构一样拥有雄厚的资金实力和先进尖端的技术力量。

“正是因为没有这一些，我就少很多的限制，可以直来直去地解决问题，实现我的想法。”刘国田说。

“大道至简”，刘国田再一次以自己的实绩验证了中国古代哲学中的这一伟大理论。

一张白纸上画图画

印染厂的污水处理系统得到了专家肯定，并且在自己的印染厂直接获得了经济效益，苗木种植形成规模并借助“苗木博览会”打开了市场，刘国田的环保梦想尽管过程曲折但终归还是得以实现，而且前景广阔。

2009 年 11 月，他们的污水处理项目顺利通过省级成果鉴定，并达到国际先进水平，获得省级科技进步三等奖。领导和专家都跟刘国田说，这个可以做成产业，技术和设备都可以用来获取利益，这是一件双赢的好事。

或许是因为这样的科学研究让他找到了某种成就感，抑或是他永远都不满足于现状的个性使然，刘国田借着污水处理研究的惯性，从 2008 年起，就把目光瞄向了垃圾处理领域。

当时，昌邑市政府开始研究城乡环卫一体化，寻找新的垃圾处理方式，希望通过生活垃圾处理资源化利用，真正实现零垃圾、零排放。积极响应政府号召，似乎已经成了刘国田的一种本能，其实这也是一位成功企业家的责任感和使命感的真实体现。

这种企业家的“责任感”具体表现形式可能相差无几，但其动机和目的却相去甚远。比如，有人是在某种压力之下，不得已而为之，甚至只做表面文章；有人主观上是为了企业形象或利益，客观上担当起社会责任；而有人是为了跟政府处理好关系，为了给自己企业的发展铺路；只有一部分人是完全出自毫无功利的社会责任感，刘国田便是其中的一员。或许他更纯粹更主动，不仅没有功利色彩，而且几乎是没原则地响应和付出，当年做海参养殖是如此，后来做苗木产业也是如此，研究污水处理系统同样也是如此，而将要开始的垃圾处理系统研究又是如此。

那一天，坐在办公室里的他习惯性地拿起订阅的报纸，其中的一个大幅标题中一个带有引号的词儿吸引了他的目光：“垃圾围城”。与标题相对应的是一幅硕大的照片，照片上垃圾成山，一片杂乱，一个脏兮兮的小孩子在垃圾山前显得那么渺小。他甚至感觉能够闻到垃圾山散发出来的刺鼻的味道……报纸上说：

2007 年全国 655 个设市城市的垃圾总量达 1.25 亿吨，这样的数字每年还在以 8% ~10% 的速度增长，其增速堪与 GDP 增速比肩。上海比全国的情况略低，2007 年的增长率是 6.7%。

然而，多数城市的垃圾处理能力并没有跟上垃圾的增速，年鉴统计表明，全国垃圾总量约有四成未经集中处理，它们只是从城市人的眼前消失，被简单填埋或堆放在郊区，甚至农村。

北京市市政管委会主任陈永称：“北京的填埋场都是超负荷运行，四年多不到五年垃圾就无处可填了。”他甚至担忧，“北京的垃圾危机可能会很快出现”。

面对已经逼近的中国城市垃圾危机，中国科学院环境科学研究所专家赵章元也担忧：“没地埋了，矛盾会变得越来越尖锐。”

……

他立马打电话把钳工胡明恩和电工张明泉等几位老伙计叫到一起，将报纸往他们面前一摆：“看看这个。”

几个人面面相觑：“啥意思？”“忽然把我们叫来看垃圾是咋回事？”

刘国田说：“咱们再琢磨琢磨垃圾处理系统。”

几个老伙计纷纷摇头：“这玩意儿可不像污水处理那么简单。”

“污水处理简单吗？”

这句问话让大家一时不知该怎样回答。污水处理不简单，那是他们经历了无数个不眠之夜、多少次推倒重来的失败而获得的成果，但是，与垃圾处理相比较，它确实是简单的，毕竟它只是单一的污水，而垃圾，那是包罗万象无所不有的一堆废物，可想而知，其处理难度比污水处理大上何止千倍万倍呢？

一位老伙计指着报纸上的一句话说："看看，这是世界性难题。"

刘国田笑笑说："咱的污水处理系统那也是国际先进水平，解的就是世界性难题。"

大家知道，这家伙又上劲儿了。而这劲儿一上来，那是九头牛也拉不回来的，大家也就只好硬着头皮跟他继续往前走了。当然，他们对刘国田还是有着起码的信任，虽然都觉得这个想法太大胆，甚至有些冒进。

在此后的很长一段时间里，"臭皮匠"们再次进入了日复一日地研究商讨争论的状态。在可以称作他们的工作室的一间屋子里，墙面上一块白板，常常写满了各种化学公式和文字，画满了各种图案，而在白板上面，一幅标语非常醒目——"节能减排降耗增效"。前三个词是国家倡导的，而"增效"一词，是刘国田加上的。因为他始终认为，世界上从来就没有真正意义上的"废品"，只有你能不能利用的问题。

在此前的两年多的时间里，对污水处理系统的研究让刘国田积累了经验也增强了信心，更为重要的是，在此期间他通过不断地查阅资料，反复地思考琢磨，已经形成了自己的一套研究观念。这一观念虽然与正规科研机构的专家学者们的观念看上去有着天壤之别，但是正如当年毛泽东主席说过的一句话："一张白纸，没有负担，好写最新最美的文字，好画最新最美的图画。"他没有任何既定的路线，没有任何规定性的负累，可以抛开一切羁绊，直奔自己的研究目标。

大家都记得在污水处理系统研究最初始的阶段，刘国田仅仅凭着直觉认为水中出现的气泡应该是沼气，电话打到国内一所著名大学的教授那里，教授说："印染废水的 COD 在 1000 多，不可能产生沼气！"刘国田并未因此而改变自己的想法。但他也没有相关的检测设备，不懂得专业的检测方法，于是便找人买来一块巨大的塑料布，将整个水池遮盖起来，经过一天的反应积累以后，插上一根管，在管子的另一端点火，管子里冒出的气体被点燃，他的直觉就这样得到了证实。而这火苗便成为点燃整个研究的火种，让他的“达到国际先进水平”的污水处理系统得以诞生，并且在自己的印染厂达到了零排放。

大道至简。或许这就是一个佐证。

但是，这“至简”的“大道”，是否适用于垃圾处理，还有待验证。

他找到了当时的昌邑市委书记说：“我想研究一下垃圾回收利用的事。”

书记一时不解：“你怎么又对这个感兴趣了？想继续为咱市城乡环卫一体化做贡献啊？”

刘国田笑道：“我总觉着这垃圾能和印染污水一样，可以回收利用。”

书记：“现在可都是讲垃圾处理，还没听说真正的垃圾可以回收利用呢。”

刘国田说：“物质不灭定律你知道吧？”

书记：“当然知道，但是物质不灭，垃圾也是物质啊。”

刘国田：“任何有机物质都是由碳元素组成的，只不过碳的多少和结构不一样，就形成了不一样的物质形态。对不对？”

书记笑笑说：“我学过有机化学，了解一些。但这个跟垃圾有啥关系呢？”

刘国田：“这不就行了？污水也好，垃圾也好，里面的有机物质都是碳，那就肯定能回收利用啊。”

书记说：“你这想法倒是很奇特，当然也很有道理。我相信你了。虽然相信，但我还真想不出你能咋回收利用。”

刘国田笑道：“具体咋办那就是我的事了，只要您支持，我就去找环卫局。”

于是，刘国田和昌邑市环卫局一拍即合。

政府给予土地和政策支持，刘国田则负责投资运作，资源化利用生活垃圾。

化繁为简不是一件容易的事

无论是苗木种植还是污水处理系统的研究，刘国田都因此而认识了许多专业人士，当他把垃圾处理的想法跟一位专家谈起时，专家笑笑说："刘总，不是我不相信你，但垃圾处理的确是一个世界性难题，你想想啊，全世界的垃圾处理专家学者有多少，每年的科研经费又有多少？你这种精神值得佩服，但是口大吃不了天啊！”

这位专家说得很委婉，其实就是告诉他不要太自以为是、好高骛远，你一介农夫，虽然研究出了具有“国际先进水平”的污水处理系统，但是并不代表着你有真正的研究能力，居然敢挑战困扰全世界近百年的大难题，那是有点不自量力啦。

“用我们当地话说，就是没有个死数儿。”刘国田这样自嘲。

但是谁也没有规定，农民就不能搞研究，谁也不能肯定，农民就搞不了研究，我刘国田想做的事，到现在为止还没有做不成的，我就张口咬一口天试试。

表面上谦和的刘国田内心里这样想。

在污水处理的研究过程中，刘国田已经通过多种渠道了解到目前国际国内对垃圾处理的方式主要就是两种：填埋和焚烧。而这两种方式都是容易引起二次污染的，前者对土地和水的污染非常严重，后者对大气污染不容小觑。

刘国田依然坚持他在污水处理中的理念：转化利用。

刘国田也依然坚持他一贯的思路：化繁为简。

化繁为简是刘国田一直以来的思维方式和行为方式，并且以此解决过诸多难以解决的问题。但是，对待垃圾，就没那么容易“简”了。

首先，如何把不同的垃圾分类，就是一个看起来“不可完成的任务”。

尽管在城市里已经开始倡导“垃圾分类”，那也只是将可回收垃圾和不可回收垃圾进行区分。况且，在中国的实际状况是，这种分类也只是一种提倡，根本就没有真正实现过，城里人很少有人能明确“可回收”和“不可回收”的垃圾类别，只是将其随意扔进垃圾桶了事，到了农村，甚至连分类的垃圾桶都不存在，更不用说分类了。退一万步说，即便二者已经被分开，“可回收”的垃圾又如何分别利用，“不可回收”的垃圾又如何分别处理，都是复杂到无从下手的程度。

在那段时间里，刘国田几乎时时刻刻都在考虑如何分拣的问题。他的“简”，最首要的一点就是根据当前的实际情况忽略“可回收”与“不可回收”二者的界限，其次就是要在全部的垃圾中进行分类。这样的思路等于又回到原点。

跟一位经理出差的路上，看到旁边有车拉着一个巨大的床垫，刘国田就问那位经理：“看见这个床垫，你能想到啥？”

经理莫名其妙：“床垫就是床垫呗，还能想到啥？”

刘国田笑笑说：“如果这个床垫是扔掉的呢？”

经理说：“那就不能在上面睡觉了呗。”

刘国田摇摇头：“不能这么想。你得想想，怎么能把它运进去，再怎么把它分解开，然后是怎么进行加工处理……”

经理笑了：“董事长现在看啥都是垃圾了。”

刘国田笑道：“哈哈，你还别说，最近这段时间还真就是这么一回事儿，不管看到啥，都想着怎么把它拆散了弄碎了分离了，再分别利用了。”

宋代禅宗大师青原行思提出参禅的三重境界：看山是山，看水是水；看山不是山，看水不是水；看山还是山，看水还是水。以此表达对事物逐步加深感悟的过程。

在刘国田的垃圾转化系统研究中，也有着他感悟的三重境界：看物是物，看垃圾是垃圾；看任何物体都是垃圾；看所有垃圾都是有用物体。

这时候，他就处在自己的第二重境界当中。

灵感的产生总是在刹那之间

人的头脑一旦专注于某一件事情，往往会将任何所遇到的事都不自觉地与之相关联，而常常就在看起来风马牛不相及的事物中间，激发了某种石破天惊的顿悟。

那一段时间，他满脑子都是那些乱七八糟的垃圾到底怎么才能分门别类地区分开来。

忙于研究的刘国田是很少回家吃饭的，那一天是个例外。吃完午饭，妻子拿了一个西瓜切给他吃，一刀下去，一分为二，再拿起一半，一刀下去，一分为二，然后拿起四分之一块，一刀下去，又是一分为二……

刘国田忽然冒出一句：“太好了！”

妻子不明所以：“什么太好了？”

刘国田：“我知道咋办了。”

妻子更是被他毫无来由的话弄糊涂了：“神叨叨的说啥呢？什么咋办？”

刘国田也不回答，拿起随身的书本、手机就要出门。妻子问：“你这是犯什么病了？西瓜还没吃呢。”

刘国田开心地拿起一块西瓜啃了一口：“这不吃了吗？”然后便急匆

匆地出门了。

妻子望着他的背影感叹："真是个神经病。"

"一分为二"，是一个哲学概念。在中国古代哲学里面，是指事物内部的可分性和矛盾性。南宋朱熹在说明"理一分殊"时认为："一为二，节节如此，以至无穷，皆是一生两尔。"其中含有朴素辩证法的因素，但是并没有超出一个分割为两个的思想。毛泽东在《党内团结的辩证方法》中明确指出："一分为二，这是个普遍的现象，这就是辩证法。"以后又多次加以论述和应用，并肯定："一分为二"是列宁在《哲学笔记》中提出来的，是指一切事物、现象、过程都可分为两个互相对立和互相统一的部分。于是"一分为二"逐渐广为流传。

刘国田因其所处的时代，对这一概念相当熟悉，不过这切西瓜带来的感悟，不需要辩证法，只需要按中国传统的方式加以解读便能够运用到他自己的研究中去。

垃圾尽管纷繁复杂，从性质上说无非就是有机物、无机物，从形态上说无非就是固态、液态，固态垃圾再进一步可以分为比重大于水和比重小于水的，比重大于水的可以分为金属与非金属，非金属物质还可以继续分下去……如此一来，纷繁复杂的垃圾分拣便有了一个简单直接的思路，"化繁为简"就从这里找到了突破口。

在后来我们所看到的运转的垃圾转化系统中，所有的垃圾通过一个入口进入，采用破碎剥离对垃圾进行有效的破碎，利用水力淘洗和重、磁、浮分选将垃圾分为金属类、塑料纤维类、砂石类和含有高浓度有机物的淘洗水，为后面的垃圾进一步利用打下了堪称完美的基础。

可以想象，仅系统的整体构想这一部分就需要有多少细致入微的思考与设计，经历多少次跌倒再爬起的实验，尤其难以置信的是，他们只是一群没有受过任何正规高等教育的农民，没有任何理论支撑，也没有任何的技术支持。

世界上没有真正意义上的“废品”

垃圾，被定义为“废弃无用或肮脏破烂之物”或“不需要或无用的固体、流体物质”。垃圾，在我们每个人的眼里，就是避之唯恐不及的东西，不仅毫无用处，而且污染环境。

“世界上没有真正意义上的废品，只是看你有没有利用。”刘国田这样认为。

这看似有些荒诞的说法其实包含了朴素的辩证哲理。给你一辆豪车，你不会开，那也是一件占地儿的废品；给你万吨黄金，你没有把它转化成财富，那也是一堆废物；给你一片良田，你没有种植作物，那还是一片废地……任何事物，“有用”与“无用”之间，只有一个分界，那就是你能不能“利用”。

中国古代的老庄思想中，关于“无之用”和“无用之用”的理论饶有趣味。老子在《道德经》十一章强调了“无”的作用：“三十辐共一毂，当其无，有车之用。埏埴以为器，当其无，有器之用。凿户牖以为室，当其无，有室之用。故有之以为利，无之以为用。”《庄子》的《山木》中讲到“无用之用”：庄子在山中行走时，看见一棵大树，枝叶十分茂盛，伐木的工人在树旁休息，却不砍伐这树。庄子问他什么缘故，工人说：“这棵树没有任何用处。”庄子对弟子说：“这棵树因为不成材，得以过完自然的寿命。”古人的智慧告诉我们，不管是“无”还是“无用”，其实都有其实际之用，就看能不能换一个角度得到“利用”。

垃圾，在刘国田这里，只需要善于“利用”，那便不再是废品，而是无穷无尽的宝藏。

刘国田说：“它们乱七八糟地堆放在一起就是垃圾，能够分门别类地分拣出来那就成了原材料和能源，也就是我们所说的资源，如果把这些资源利用起来，不是宝藏是什么？”

善于“利用”，得到“无用之用”，在刘国田这里，思想观念已经取得了胜利，也就是他说的在“战略上要藐视敌人”，接下来就是“在战术上重视敌人”的问题了。

垃圾分拣问题有了思路，其中许多可回收利用的物质的转化利用问题就相对简单了，当然，所谓的简单，还是在思维上的简单，要形成实际的可运行的设备，依旧是一个纷繁复杂绞尽脑汁的过程。

可以想象，无论是塑料还是砂石抑或是木料，每一个类别都有自己的一个制作流程和制作设备，也都属于自己的专业领域，并且都必须是以这些垃圾为原材料的“私人定制”，这是一个令人望而生畏的工程。

已经习惯于也只能局限于土法上马的刘国田研究团队或许无法在专业性、计划性和系统性方面解决如此庞大的问题，并且时间又不允许他们因为一个小的环节而原地踏步。“如果这么一点点一边琢磨一边学一边设计，可能我们这些人一辈子连一张图纸都画不完。”刘国田说。

他们决定，按以往的办法，边做边改。

但他们还没有预料到，这是一个烧钱的办法。

他们可能是世界上最土老帽的研究团队

第一步，必须把大小不一、形状各异的垃圾进行破碎处理，才能进一步分门别类。

在青岛的一家制造厂里，刘国田的研究团队与对方的人员对接制造破碎机械。

都是质朴的农民形象，一口昌邑乡音，好在青岛与昌邑距离较近，语言能够听得懂。但令对方难以置信的是，这群人连个图纸都没带来，只能仔细地听他们一步步地讲。

用语言毕竟只能表达想法，机械制造还得需要直观的描绘。于是，刘国田用手指蘸了茶水，在茶几上一边讲一边画，对方必须认真地听着，并且迅速记录，否则这复杂的机械图就可能转瞬即逝了。

这用手指蘸茶水在茶几上画出的机械设计图，恐怕在当今世界上是绝无仅有的。

他们也可能是世界上最土老帽的研究设计团队。

这一关过去，回家等成品机械又是一个过程。这个等待的过程对他们来说是一种煎熬。

两个月之后，机械运到昌邑。这是全部用不锈钢制造而成的透着高端大气上档次的大机械，当然，这要花去他们不菲的资金。

刘国田看着这台由茶水画的设计图变成的机器，非常兴奋，急忙安排进行安装调试，他迫不及待地想看看这凭空想象出的玩意儿究竟能起到什么样的作用……

设备安装完成，并且开始运行。等垃圾进入系统开始破碎他们才发现，因为垃圾的成分过于复杂，不可控因素过多，机器几乎是随转随停。

第一套设备宣告失败。

这台不锈钢制造的破碎机械也就成了“垃圾”，最后按重量变卖了事。

在刘国田看来，这只是金钱上的损失，并不代表他的研究理念和研究方式错误。他要做的是，从这套设备中找出不足，并且能在下一套设备中加以改进。

等待第二套设备又是两个月的时间，这一次他们不再使用不锈钢材料，而是改用价格相对便宜的材料以节约资金。

第二套设备几乎就是半人工的分拣状态，还是不能满足要求。不过这一次仅需进行部分改造，而不是像第一套设备那样一下子全部变成了“废品”。

除了破碎机械，还需要相应的分拣设备。分拣出来的材料，还需要相应的产品制造设备。每一步，他们都像是在黑暗中蜗行摸索，查阅到有用的资料，那就是一片光亮，找到了设备之间的链接点，那就是一个出口。

在他们的研究团队中，有这样一个“反常”之处，那就是设备一旦出现问题，不是沮丧和生气，而是欣喜和庆幸，因为这意味着他们又能找到一个可改进之处，他们的设备又可以完善一点了。这种达观的人生态度成为这个“土老帽”研究团队的制胜法宝。比如，有一次垃圾里有一条几十米长的吊装带，进入机器后把运转部分缠了个正着，机器停摆。他们立马停下设备，继续研究这类问题的解决办法。

在这样的停摆与改造的过程中，又一个问题出现了：每次发现问题研究解决办法几乎要用去一个月的时间，找到委托厂家制造新的机器，又要大约两个月的时间等待，一来二去就得有三个月的时间，而这么一整套复杂的设备，几乎每一处都需要随时进行改进，如此消耗下去，恐怕几十年也难以完成。

而且，他们自行设计的设备，没有成品可以购买，只能制造。

刘国田又做了一个大胆的决定，自己买机械制造设备，自己动手生产。

于是，他们生产出两套垃圾转化设备交替改进，这一套发现了问题，需要机器改造，就运行另一套，当另一套发现了问题进行机器改造，上一套已经改造完成，继续运行……

如此循环往复，到第五代设备才相对成熟，那时已经投入了一亿多元。

如今，整体设备已经是第七代了。资金投入已经近三亿元。

刘国田说这等于花钱买时间。

“深度厌氧”，真正解决污染难题

在他们的系统中，垃圾接收之后，经过均匀布料、输送、磁选、破碎、浮选等工艺，将铜铁等金属以及建筑垃圾、玻璃陶瓷等重物和轻质物分离开，金属直接回收利用，重物经过清洗制成建材。剩余的轻质物则分离出塑料、化纤、橡胶等进行回收利用，裂解生产再生油料。

这是固态的垃圾重新利用的方式。

而对于淘洗过程中产生的裹挟着有机物质的污水，他们有一个与众不同的处理办法，那就是对污染有机物质的“深度厌氧”处理。

这是与他的污水处理系统一脉相承的技术手段，也是迄今为止真正能够达到无害化处理的技术手段。

对于这一问题，只有初中文化水平的刘国田进行了深入细致的研究，查阅了无数的资料，也正因为如此，他既能够将各种化学元素如数家珍，也敢于对煤炭形成的权威理论提出大胆的质疑。他认为教科书中所说的煤炭由植物长期沉积经物理化学反应形成的理论并不科学，而应当是动植物与水等多种物质经过“厌氧分解”沉积经多种反应而成的。

在目前，多数的污水处理都是采用的好氧技术，而他们大都没有回收，除了处理后的污水能够达标，对于由加氧进行细菌分解后的气体和污泥都没有解决，实际上还会产生二次污染。

这一难题，其实刘国田早在印染污水处理中已经近乎完美地解决了。

污水进入封闭的厌氧罐，进行深度厌氧处理，由此而产生的沼气进行燃烧发电，沼渣制造成肥料，处理后达标的中水又可以继续作为淘洗液循环使用……

尤为重要的是，对于人们普遍担忧的重金属二次污染问题，他的深度厌氧系统能够有效地解决。深度厌氧，将一部分重金属物质直接硫化，一部分形成金属硫化物，具有很强的稳定性，植物无法吸收，所以不再产生二度污染。

曾经有一家青岛企业的朋友带一位日本专家专程来到昌邑，就是要看一看这套设备究竟有什么神奇之处，当他听说可以达到污染物近乎零排放的时候，脱口而出的是三个字："不可能。"

其实，这样的怀疑不只是他有，几乎所有的专业人士在听说时都会持有一种怀疑态度。当然，如果第一次听说设备的发明者是一位农民，初中文化水平，很多人甚至连去看一眼的兴趣都不再有，同样只给出这三个字："不可能。"

而不管是专家，还是记者、官员，或者是朋友，在参观了这套系统之后，都会提出同一个问题："会不会再造成污染？"

刘国田总是很谦虚地说："我们现在只能说基本不再污染，不敢说是完美的。"

但最终的权威技术鉴定会给出一个令人信服的结论。

2011 年 6 月，山东省科技厅组织的省部级科研成果鉴定认定，这套系统在总体技术上达到了国际先进水平。

"国际先进水平"，这是来自清华大学、环境保护部固体废物管理中心等单位的专家在刘国田带队研发的"城乡生活垃圾资源化利用"技术成果鉴定会上给予的评定。

与会专家认为："这个项目针对混合生活垃圾，采用自主研发的组合工艺技术建成了一座日处理 300 吨的垃圾处理工程，实现了垃圾处理减量化、资源化、无害化。这一组合技术采用破碎剥离对垃圾进行有效的破碎，利用水力淘洗和重、磁、浮分选将垃圾分为金属类、塑料纤维类、砂石类和含有高浓度有机物的淘洗水，为后续处理和利用创造了良好条件。沼渣脱水后可做园林肥料。并研发出适合于混合垃圾破碎剥离的高效专用设备。项目在总体技术上达到了国际先进水平，具有良好的环境效益、社会效益和经济效益，推广应用前景广阔。

“项目从国情出发，遵循垃圾减量化、无害化、资源化处理原则，意义重大；项目研发符合我国环境保护的实际需求，有利于统筹城乡环境保护；项目为探索统筹城乡环境保护、积极推进生态文明建设做出了贡献。”

国务院发展研究中心资源与环境政策研究所组织专家专门就昌邑市城乡生活垃圾资源化利用项目进行调研后认为：项目符合国家环境保护政策要求和发展战略，真正实现生活垃圾的资源化，从而降低处理费用，使环境效益、社会效益和经济效益三统一。

而就是这个日处理300吨的城乡生活垃圾资源化利用项目，获得了“2010年度山东省重大节能成果”奖，项目工艺技术及设备拥有了130多项国家专利，其中已授权发明专利27项，并获得了一项日本授权的发明专利。

2012年2月11日上午，人民大会堂，“中国农村新闻人物”颁奖现场，刘国田登上领奖台。授予他的颁奖词是：“从‘印染大王’摇身成为‘苗木大王’，又从苗木行业的领军人物变身为‘绿博园主’。近年来，他专注于‘变废为宝’的技术研究，再度变身为现在的‘环保专家’，他是我国农村现代化进程中诞生的众多成功农民的先进代表。”

二　垃圾带来的“地球之痛”

面对刘国田的这项技术，我们有必要来梳理一下垃圾处理这一世界性难题所导致的“地球之痛”，一方面可以直观地感知其历史性意义，另一方面也让大家明确其广泛推广的必要性及迫切性。

需要告知读者的是，这一部分和第三部分内容，与刘国田的故事没有直接的关系。只是在经过考察和搜集大量资料之后，集中思考和阐述了我国垃圾危机的现状和目前所进行的垃圾处理方式所引发的问题与争论，让读者在了解垃圾危机的严重性之后，透过垃圾处理的种种表象进行更深入的思考。

在垃圾问题上，任何国家都是失败者

这是2013年8月《长江商报》的一个标题，源于对安丘籍北漂摄影师王久良的一个专访。王久良在2009到2010年一年半的时间里通过对北京周边的几百座垃圾场进行走访，拍摄了大量的图片和影像资料，并制作而成一部长达70分钟的纪录片《垃圾围城》。那些触目惊心的景象和令人难以置信的现实，让每一位观影者都感受到近在眼前的巨大危机。

这部纪录片或许不如柴静的《穹顶之下》精良，但所给予我们的震撼与冲击是相同的。当我们看到漫天飞舞的烟尘，看到一处处堆积如山的垃圾，看到那些被垃圾填埋的河流，看到垃圾场堪称广阔的空间之时，不能不用“触目惊心”四个字来形容。而当你看到垃圾场和被垃圾污染的河边，一队队羊群正在贪婪地吃着不知何物的东西时，实在无法想象在我们印象中非常挑食的羊，居然也在这样的环境中“堕落”。而当你看到那养猪场里的猪群，面对从垃圾中淘来的猪食争抢的时候，不知道还敢不敢再把它们当成美味。

在8月3日“星宇放映”第5期活动中，北京导演王久良的纪录片《垃圾围城》，吸引了近300位观众，其中有不少家长带着自己年幼的孩子来观看，这些不过六七岁的孩子，在一个多小时的放映过程中，几乎没有吵闹，只是偶尔小声地问一句：“为什么会有这么多垃圾？我们自己以后也会变成垃圾吗？”

导演王久良面对稚嫩孩童“为什么会有这么多垃圾”的问题，露出千言万语难以言表的神情：“有很多很多原因，我们购买的太多，使用的太多，扔掉的太多，而处理措施跟不上的话就会这样。这不是你的错，是父母这辈人的错。”

《垃圾围城》令人震撼的地方除了真实，还在于它所反映的问题与每个人都息息相关——你丢掉的垃圾以另一种方式回归，未经正规回收的垃圾污染了人类生存所必需的两种资源：水和空气。你也许可以去买瓶装水喝，却很难保证不吃到被这些脏水浇灌的菜或养大的鱼。

放映过程中，每当画面触目惊心时，周围便不断响起“啧啧啧啧”的声音，虽然看不到观众的表情，但想必此刻的身心体验不会有多么舒适。片中拍摄的是三四年之前的北京，但完全可以以此类推地想象出我们所生活的城市大概会是怎样的情景。

据建设部2006年的统计，全国660多个城市超过三分之一已经被垃圾包围，如果不修建新的处理设施，垃圾围城不是危言耸听。而垃圾的两种主要终端处理方式就是填埋和焚烧，填埋对于土地资源稀缺的大城市来说很难继续实施，而焚烧则因为面临潜在的致癌可能性，而遭到垃圾焚烧站选址周边居民的强烈反对。

王久良说，这部片子的核心不是找到治理垃圾问题的办法，而是反思“消费主义”，从这个意义上来说，“在垃圾问题上，任何国家都是失败者”。(《长江商报》记者刘雯　实习生彭杰　隗延章)

在垃圾问题上，任何国家都是失败者。

这是王久良对于整个世界上盛行的“消费主义”所做的思考和论断，而在垃圾处理的技术性问题上，刘国田也持有同样的观点。他认为，目前国际上的垃圾处理方式，即便是在这方面保持先进水平的德国、日本等发达国家，都没能真正彻底地解决掉再度污染的问题。

“垃圾围城”与“垃圾围村”

2005年《各地区城市市容环境卫生情况》显示，当年全国生活垃圾无害处理率仅为51.7%。建设部2006年调查表明，全国660多座城市，有三分之一以上被垃圾包围。全国城市垃圾堆存累计侵占土地5亿平方米，相当于75万亩。

2009年3月，北京市政管委会主任陈永疾呼，北京垃圾危机即将出现，“这将是一件非常可怕的事情”。

在北京，“垃圾围城”并不是第一次。早在1983年，垃圾简单的填埋方式，导致北京三环路与四环路的环带区上垃圾成堆，50平方米以上的垃圾堆就有4700多座！为突破重围，北京市斥资23亿，才逐渐攻陷这座惊人的围城。

二十多年后，垃圾巨兽卷土重来，如一颗巨型“炸弹”，隐藏在城市地下。(2009年4月20日《南都周刊》)

2013年4月9日，《北京日报》发布消息称，该市八座大型垃圾填埋场三年内将被填满，如不能更有效处理垃圾，生活垃圾三年后将无处可埋。

据北京市环卫部门的统计，北京市八座大型垃圾处理设施，都处于超负荷运行状态，最高的负荷率达到246%。北京市第一个生活垃圾填埋场——北神树垃圾填埋场，将于2013年底填满封场。而按目前的填埋量，其余七座垃圾填埋场将会在两年至三年内填满封场。

“未来，我们将面对的是垃圾无处可埋的局面。”《北京日报》援引北京市政部门一位负责人的话说。

2013 年 7 月 19 日，《中国青年报》又发出了更为广泛的报道：

据《人民日报》等媒体报道，北京市日产垃圾 1.84 万吨，如果用装载量为 2.5 吨的卡车来运输，长度接近 50 公里，能够排满三环路一圈。并且北京每年垃圾量以 8% 的速度增长；上海市每天生活垃圾清运量高达 2 万吨，每 16 天的生活垃圾就可以堆出一幢金茂大厦；广州市每天产生的生活垃圾也多达 1.8 万吨……

"垃圾围城"不仅是城市病，而且蔓延到了农村。日前，环保部部长周生贤就环保问题做报告时指出，全国 4 万个乡镇、近 60 万个行政村大部分没有环保基础设施，每年产生生活垃圾 2.8 亿吨，不少地方还处于"垃圾靠风刮，污水靠蒸发"状态。

"垃圾围城"日益严重，但我国目前的整体垃圾处理能力还远远不够。以北京市为例，现有垃圾处理设施的设计总处理能力日均约为 1.03 万吨，每天缺口达 8000 余吨。

根据中国环保产业协会城市生活垃圾处理委员会的统计，2011 年，全国 657 个设市城市（包括直辖市、副省级城市、地级市、县级市——编者注）生活垃圾处理率为 91.1%，其中 20.1% 为直接堆放或简易填埋。以当年城市垃圾清运量 1.64 亿吨计算，仅上述 657 座城市，当年已堆积未处理的垃圾就接近 5000 万吨。

广州每天处理生活垃圾约 2.26 万吨，其中近七成做填埋处理，全市填埋场已接近饱和。经计算，2017 年后，广州市的垃圾将无处填埋。（见 2015 年 7 月 1 日《新快报》）

中新社香港 2013 年 8 月 29 日报道说：13458 吨，这是香港环境保护署发布的 2011 年香港每日都市固体废弃物总量。香港特别行政区政府环境局副局长陆恭蕙坦言，处理垃圾方面香港做得不够好，在堆填区、焚化炉等城市基建上，落后于邻近其他城市，在软件上亦没有垃圾征费措施。香港的三个填埋区，预计将于2015年至2019年相继饱和，在2019年将会面临垃圾无处堆放的窘境。

“垃圾围城”显现危机的同时，“垃圾围村”现象同样不可忽视。2014年11月19日《人民日报》报道：

> 在11月18日召开的全国农村生活垃圾治理工作电视电话会议上，住房和城乡建设部部长陈政高提出，全面启动农村生活垃圾5年专项治理，使全国90%村庄的生活垃圾得到处理，基本扭转农村环境脏乱差的局面，并形成农村生活垃圾治理的长效机制。
>
> “现在的农村很多地方是垃圾围村，不少农民还生活在到处是垃圾的环境中。他们盼望着环境的改善，盼望着有更好的生活生产条件，这个要求并不高，是起码的权利，也是基本的民生工程，我们没有理由不满足这个要求。”陈政高说。
>
> 农村生活垃圾已成为农村环境脏乱差的最突出表现。一方面，随着城镇化的加快推进，一些过去只在城市出现的生活垃圾也成为农村垃圾的主要组成部分，不可降解垃圾占比迅速增加。另一方面，垃圾集中露天堆放，导致“垃圾山”恶臭熏天，蚊蝇乱飞。目前，我国农村约有6.5亿常住人口，每年产生生活垃圾约1.1亿吨，其中有0.7亿吨未做任何处理，相当于每年堆出200多座百层“垃圾高楼”。
>
> “据我们初步统计，截至2013年底，全国58.8万个行政村中，对生活垃圾进行处理的仅有21.8万个，仅占37%；有14个省还不到30%，有少数省甚至不到10%，可见我们的工作还有差距，未来工作的空间和潜力巨大。”住房和城乡建设部副部长王宁说。
>
> 尽管解决“垃圾围村”已迫在眉睫，但目前我国农村生活垃圾治理还存在四大问题。一是地方重视程度不够，农村生活垃圾治理

工作尚未摆上一些地方政府的议事日程，且制度建设、责任分工等相关工作还比较滞后；二是治理方法简单粗放，分类减量和资源化利用还没有普遍推行，相关设备设施严重不足，70%以上的处理方法比较简陋，存在“边处理边污染”的二次污染现象；三是群众参与积极性不够，许多地方是“政府干、农民看”；四是经费匮乏，治理费用未纳入地方财政预算，建设和运行费用的缺口相当大。

这仅仅是诸多见诸报端的报道中的一小部分，而这些报道也只是诸多“垃圾围城”和“垃圾围村”事件的一个缩影。雾霾长期弥漫，人人切身感知，所以能够引起公众的普遍关注，而垃圾只有在垃圾填埋场和焚烧厂附近的人能够切身感受，更多的人还只是“眼不见为净”，并未形成人人关注的社会问题。但它的危机已经迫在眉睫，倘若等到人人能够感知的地步，那将会是无法收拾的一个可怕局面。

3. 垃圾填埋污染带来的“生命之痛”

网络上有人对垃圾的危害总结为以下几点，或许并不专业或不够权威，但也说明了基本的道理：

第一，占地过多。堆放在城市郊区的垃圾，侵占了大量农田。垃圾在自然界停留的时间也很长：烟头、羊毛织物 1 ~ 5 年；橘子皮 2 年；易拉罐 80 ~ 100 年；塑料 100 ~ 200 年；玻璃 1000 年。

第二，污染空气。垃圾是一种成分复杂的混合物。在运输和露天堆放过程中，有机物分解产生恶臭，并向大气释放出大量的氨、硫化物等污染物，其中含有机挥发气体达 100 多种，这些释放物中含有许多致癌、致畸物。塑料膜、纸屑和粉尘则随风飞扬形成“白色污染”。

第三，污染水体。垃圾中的有害成分易经雨水冲入地面水体，在垃圾堆放或填坑过程中还会产生大量的酸性和碱性有机污染物，同时将垃圾中的重金属溶解出来。垃圾直接弃入河流、湖泊或海洋，则会引起更严重的污染。

第四，火灾隐患。垃圾中含有大量可燃物，在天然堆放过程中会产生甲烷等可燃气体，遇明火或自燃易引起火灾、垃圾爆炸事故，造成重大损失。

第五，有害生物的巢穴。垃圾不但含有病原微生物，而且能为老鼠、鸟类及蚊蝇提供食物、栖息和繁殖的场所，也是传染疾病的根源。

其实这一切都是显而易见的，只是我们在没有直接面对后果的时候，往往不能引起足够的重视。刘国田在谈到这一问题时，会表现出少有的沉重，他认为我们这一代人过分注重发展，而忽略了环境问题，近几年来，其危害逐步显现。

"看到那些关于'癌症村'的说法，觉得我们欠的债太大啦。"他说。

网络上对"癌症村"的解释是这样的：癌症村是一种中国大陆在改革开放后出现的群体疾病现象。由于环境污染，大多是饮用了上游企业排出的未经处理的污水，以及环境、土壤等受污染，导致人体内部机制严重受损，造成某一村庄大规模的癌症病发。在中国学界与媒体指称污染地区居民承受较高罹癌率多年后，中华人民共和国政府环保部终于在 2013 年 2 月官方文件首度承认中国存在"癌症村"。中国民间专家估计，若包括非官方数据资料，全中国大陆的癌症村约达 459 个，且有逐渐往中国中西部扩散的现象。

它的"中国案例"所列举的几个"癌症村"，除去印染、化工、重金属矿产等直接造成的水质污染之外，就是垃圾所造成的地下水污染或空气污染所致。

在上海市金山区漕泾镇增丰村，自 2003 年起，海滩边建了一个大型的露天垃圾场，毫无垃圾处理措施，完全裸露。附近居民最近的距离垃圾场直线距离500米，即使远在几公里之外的村民，每天都会闻到阵阵臭气。自2006年至2008年底，增丰村1组、2组、13组、15组在短短的3年时间中，患癌症病死者达到30余名。这是增丰村建村至今，从未有过的。

在王久良的纪录片《垃圾围城》中，也有许多这样的表现，其中一家非法经营的沙场将填埋的垃圾挖开，防渗层遭到破坏，垃圾污水肆意地流入河中。这不仅对地表水造成了污染，对土壤和地下水同样有着不可逆转的破坏，危及人类健康，自然是不言而喻的事情。

2014年2月26日《燕赵都市报》报道：

> 记者近日从住房和城乡建设部获悉，我国有138个城市没有规范垃圾处理设施，占城市总数的21%。与此同时，现有设施超负荷运行情况非常普遍。
>
> 记者调查发现，更隐性也更严重的问题是，由于过去对垃圾无害化处理的认识不到位，许多只是经过简单无害化处理的垃圾填埋场，不仅成为让周边居民不敢开窗的臭气来源，更成为次生污染的发源地。
>
> 记者在南方某市一座垃圾填埋场附近看到，尽管有简单的垃圾渗滤液处理装置，但只要大雨来临，这些设施就形同虚设，雨水迅速混合着黑臭的污水冲向下游村庄。周边的村民说，这些年来深受污染所害，曾经的鱼米之乡如今耕地绝收，种出来的香蕉是黑心的，稻米的米粒是黄色的，耕牛喝了河水以后纷纷死去，村里得呼吸道、肠胃疾病的比例明显增加，根本不敢让孩子们到河边嬉戏。

三　垃圾焚烧处理的“社会困局”

毋庸讳言，“垃圾围城”和“垃圾围村”的现象已经普遍存在，而在垃圾处理的问题上，尽管我们经历了漫长的学习探索的过程，也有许多地方宣布全部或绝大部分进行了无害化处理，但事实上，这些“无害化”处理方式不仅自身有着这样那样的缺陷，而且，一连串的社会问题也随之而来。

填埋，作为最传统的垃圾处理技术，以往没有做防渗处理，地下水的污染严重，后来做了防渗处理，但渗出液、臭气、甲烷气体等带来的二次污染，还是严重影响空气质量，排放到大气中又会产生温室效应。近年来，随着对填埋场环境要求的不断提高，臭味、蚊蝇问题有所改善，排放渗沥液 COD 限制要求在不断提高。于是，一面是业内人士发出净化标准过高的抱怨，一面是巨大的垃圾负荷让填埋场不堪重负。尽管垃圾填埋场采取了防渗漏和防止臭味扩散的种种措施，但是仍旧会造成环境的污染，影响周边百姓的健康。

即便防护手段做得非常完备，但垃圾对土地资源的侵蚀也愈演愈烈，这是无法回避的现实。因此，全国许多地方才发出“无处可埋”的警示。

于是，垃圾焚烧发电被当成解决这一些问题的一条有效途径。

我们从众多公众媒体中读到的关于垃圾围城的报道，也往往将解决办法引向垃圾焚烧技术，并且强调“这是发达国家普遍使用的垃圾处理办法”，其隐含的信息是：相比起传统的填埋，垃圾焚烧厂占地小，能发电，能实现 80% －90% 的体积减量，因此是中国目前垃圾处理的发展方向。

发达国家的垃圾焚烧是建立在民众文明水平达到一定程度、垃圾分类规则执行到位的基础之上，并且执行到位、监管有力，排放标准有一定保障。而我们，在缺乏这样的基础的情况下所采取的垃圾焚烧，除了直接减少土地占用的明显益处之外，许多的质疑和反对的声音与一些社会问题相伴而生。

垃圾焚烧与二噁英之忧

焚化排放的二噁英（Dioxin）污染问题一直是备受人们关注的焦点。

二噁英是一种无色针状晶体剧毒物质，可经皮肤、黏膜、呼吸道、消化道进入体内，有致癌、致畸性及生殖毒性，可造成免疫力下降、内分泌紊乱。高浓度二噁英可引起人的肝、肾损伤，变应性皮炎及出血等。2000 年 5 月，环境保护机构（EPA）在一份报告中说："二噁英的致癌危险远比估计的更高。"该报告称，二噁英至少有一种形式——通常称为 TCDD 的形式，应该被归为绝对的人类致癌物。其他二噁英的类似复合物也被 EPA 称为"可能的"致癌物。食用被二噁英污染的食物，包括肥肉和奶制品，导致癌症的可能性可以高达每一百人中有一人，是以前估计的 10 倍。二噁英还可能导致其他的健康问题，比如糖尿病、进行性疾病和免疫系统的不规则。这个报告还说，儿童摄入二噁英的危险性远比成人大，因为这种化合物经常存在于奶制品甚至母乳中。

2009 年 9 月 1 日，央视财经频道《经济半小时》播出了一期《世界二噁英大会：垃圾处理陷入困境，"二噁英"困扰中国》的节目，报道指出：

为期 5 天的第二十九届国际二噁英大会日前在北京召开。二噁英是毒性最大的化合物之一，其毒性是氰化物的 130 倍、砒霜的 900 倍，有世纪之毒之称，国际癌症研究中心已将其列为人类一级致癌物。除了剧毒之外，二噁英之所以可怕是因为它溶于脂肪，难以降解，半衰期时间长，属于持久性污染物，一旦进入人体，7 年到 10 年都很难排出，而一旦累积到一定程度，就会致人死亡。

作为发展中国家，中国的垃圾量正以 10% 的年增速向人们的生活圈不断逼近，如何处理困局已摆上了政府的日程表。2005 年世界银行就曾发布报告警告说，中国如果过快建造垃圾焚烧厂且不限制排放物，世界范围内大气中二噁英含量会加倍。会上，中国的垃圾处理问题成为关注的焦点之一。

美国环境健康基金全球化学安全项目总监约瑟夫·迪冈说："所以这就是垃圾焚烧炉之所以受到关注的原因，因为垃圾焚烧炉是产生二噁英的途径之一。"

中国的城市垃圾处理引起了全球的关注。8 月 12 日，《纽约时报》也刊文关注中国兴建垃圾焚烧炉的计划，认为这个计划一旦实施，全球的二噁英排放可能会在现在的水平上翻番。中国的垃圾焚烧炉计划到底有多大？剧毒一级致癌物二噁英的威胁离我们还有多远？

处理能力的严重不足，让城市的管理者不得不为垃圾寻找新的出路，而垃圾焚烧成为他们的首选。在《北京市关于全面推进生活垃圾处理工作的意见》中，明确提出要加快建设生活垃圾焚烧厂，到 2012 年全市垃圾焚烧比例达 20%，2015 年达到 40%。未来 6 年，北京市将投资 100 亿元新建改建垃圾处理设施 40 余座，其中阿苏卫焚烧厂、北天堂焚烧厂、梁家务焚烧厂、南宫焚烧厂均在计划建设之列。

然而，垃圾焚烧厂的建设规划还是引来了专家学者和周边居民的坚决反对，这当中的代表人物就是中国环科院的环境学专家赵章元。

赵章元说："我为什么还是要反对做焚烧呢？其中重要的原因，就是二噁英这个污染物它是难降解污染物，即使排放量很微弱，但是它微量的排放对人身体还是有害。”

2007 年 2 月，北京市海淀区六里屯的居民代表向国家环保总局提出行政复议申请，要求停建六里屯垃圾焚烧发电厂。但与此同时，全国各地兴建垃圾焚烧项目的热潮也在逐渐升温。截至目前，北京、上海、天津、重庆 4 个直辖市均已建成垃圾焚烧厂。江苏省已建成和在建垃圾焚烧项目 15 个，浙江省共建成和在建近 30 个，广东省近 20 个。此外，辽宁、山东、福建、海南等 15 个省区均已建成或拟建设垃圾焚烧厂。

中国环境科学研究院研究员赵章元一直都是国内坚定的“反焚烧派”，他面对许多媒体都坚持自己的观点：“鉴于垃圾填埋的弊病，国内外都在寻找另一种更为有效的垃圾处理方式，其中之一就是焚烧。应该说，无论是在国内还是国外，垃圾焚烧都已经搞了很多年，都在试建不产生污染的焚烧炉，但至今都没有满意的成果。主要还是垃圾焚烧过程中产生的二噁英的处理问题。二噁英是一种难降解的致癌物，它主要是垃圾燃烧排放物降温时经过 850℃ ~200℃之间时生成的；降温速度越快，生成的就越少。建垃圾焚烧厂是有风险的，即便是采取了最先进技术也不一定能够改善环境质量。国内外多年实践表明，防止被焚烧的气体在急剧降温过程中产生二噁英的技术以及吸附消纳二噁英的技术，虽然在理论上是清楚的，但在实践中的效果至今尚不能令人满意，失败的教训却很多。如果希望利用这个热量来发电，就更不可能很快地降温。对于一种科研试制的产品都需要相当长的时间来验证，如果目前就说‘垃圾焚烧可以做到没有任何污染’，还为时过早。在目前条件下，即使相距垃圾填埋场及焚烧厂下风向（或下游）达到 500 米现行标准，也还是谁都不敢说‘无影响’。对于难降解的有害气体，在人体内有累积效应，时间长了，就会对人体健康造成严重危害。”

二噁英是反对垃圾焚烧的人们视如洪水猛兽的污染物质。但主张进行垃圾焚烧的群体则认为，只要垃圾焚烧厂能够严格按照标准排放，进入大气的二噁英数量是完全可以忽略不计的，甚至低于城市空气中原本就存在的二噁英含量。至于其他的污染，也完全是可以控制的，并不是人们想象的那种烟尘四起、臭气熏天的简单焚烧，而是一种在国外已经比较成熟的技术。大可不必危言耸听，杞人忧天。

于是，“主烧派”和“反烧派”进入了各不相让旷日持久的论战状态。

关于垃圾焚烧发电的争议

中央电视台《新闻调查》2010年第26期的《垃圾困局》曾经播出了主烧派和反烧派的激烈交锋：

解说：在垃圾处理这样的专业问题上，人们往往会听取专家的意见，但现在专家中出现了两种截然不同的声音，媒体称他们为“主烧派”和“反烧派”，他们各执一词，争论激烈。

聂永丰，清华大学教授，垃圾处理问题专家。他认为，在经济发达、人口密集的地区，垃圾焚烧是一种必然选择。

聂永丰（清华大学环境科学与工程系教授）：中国东部和中部的这些省份，特别是大城市，第一个，经济水平发达，垃圾产生量多。第二，人多地少，土地资源短缺，没地了。这个国情就决定了一点，焚烧在整个垃圾处理的减量里面占一个很重要的位置，不管你想要不想要。

解说：赵章元，中国环境科学研究院退休研究员，是“反烧派”的主要代表。

赵章元（中国环境科学研究院研究员）：它确实是有污染，不仅是二噁英，还有很多致癌物放出来，我们能不能控制是未知的。在日本、德国，焚烧炉附近都发生了比较多的癌症患病情况，最后发现污染以后，就把大量的炉子都关停了。

解说：徐海云，中国城市建设研究院总工程师，他很直接地表示，赵章元的很多说法没有事实依据。

徐海云（中国城市建设研究院总工程师）：什么欧洲多少国家焚烧禁令，日本焚烧炉关闭等等，二噁英多少癌症，相当部分是无中生有。他们要说月亮上有个猴子，我也没法去证实。

解说：让人感到困惑的是，往往在同一个问题上，双方拿出来的数据和说法完全不同。

赵章元：你比如日本，他们来给我们作演讲，说他们经过垃圾分类，资源化利用以后，还剩百分之十几才烧。

徐海云：这些显然是错误的，可以随时到网站上，把日本环境部的统计年鉴打开来看，回收利用率是20%，80%是焚烧。

赵章元：完全是不实事求是。如果都实事求是，就不会产生今天这种对立的局面。

徐海云：求得共识的基础就是要实事求是，如果我们不能够实事求是，那我想共识也是很难达成的。

解说：而随着时间的推进，这场争论越来越火药味十足。

赵章元：研究这个项目的人员，这一部分组成了一个利益集团，这伙人的利益链促使他们动力很强，想尽办法来支持搞焚烧。

记者：您有什么确证证明他们的确从链条当中获益呢？

赵章元：我当然没有办法去一一调查了。但是我们应该有基本的估计，基本的分析。

解说：赵章元指责一些专家为“利益集团”，有媒体就此调查后，列举出一些证据，例如聂永丰拥有一项名叫“立转式汽化焚烧炉”的专利，而另一名主张焚烧的专家徐海云，其实是聂永丰的学生。

聂永丰：欲加之罪，何患无辞。

解说：聂永丰说，自己的专利是一种只能应用于医疗废物焚烧的小型炉，和生活垃圾焚烧发电毫无关系，而徐海云也并非他的学生。

聂永丰：不错，我有个学生叫徐海云，是2006年还是2007年毕业的，这个徐海云是1990年初毕业的，但不是我的学生。两个人的名字确实一模一样。

记者：这真是难得巧合了。

聂永丰：现在这几个出来说话的，基本上还真是没有什么利益。你有利益的人，就有尾巴，有辫子，那人家要抓住，说你两下，你不就完了吗?

解说：“反烧派”赵章元也遭到了质疑。有人认为他是研究水环境的，对垃圾处理是外行。

赵章元：偏见。因为今天讨论的垃圾处理的问题，并不是那些机器设备的问题，而是环境影响的问题，环境污染的问题。在这个问题上我不是业外。

解说：本应是一场正常的学术之争，却变得充满了对抗情绪。

聂永丰：这场辩论是技术之争，我非要把它弄成就好像是一场生死战斗，不是要弄清楚问题，而是要争取观众。

赵章元：我没有主动地进攻，我都是被动地防御。

解说：在这场争论中，民众似乎更愿意把信任票投给“反烧派”，主张焚烧的专家则更多地遭遇了质疑和指责。

徐海云：老百姓骂我，再怎么骂我，我都能接受，因为你把垃圾焚烧描述得很恐怖，对人健康影响多么大，当然反对了。

记者：您自己内心觉得呢？觉得自己委屈吗？

徐海云：你说叫委屈，我也不太好形容这种心情。因为我认为我自己很正确的，所以就相当于我说一加一等于二，你说一加一等于三，在我看来如果我要生气的话，我觉得应该是我的错，我就是这个意思。

……

在激烈的论争之中，有人尖锐地指出："以一种 BOT 模式（政府特许，私人资本参与建设、经营，期满移交给政府的模式）施行的垃圾焚烧建设项目，享有政府垃圾处理补贴和上网电价补贴是其主要利润来源，其中的利益关系和利益冲动，云山雾罩，公众所知甚少。因此，必须警惕特殊利益集团利用垃圾围城困境，为垃圾焚烧不顾条件地大干快上鸣锣开道的倾向。"

这种比较极端的观点或许带有一些"阴谋论"的色彩，也未免武断，只能作为一种警示来防微杜渐。毕竟"主烧派"也是在如今迫在眉睫的垃圾危机背景下，积极寻求解决办法而选择的垃圾焚烧技术。

我们无法从专业的角度对当前的垃圾焚烧发电技术进行论证，但是从目前所了解到的信息来看，历经引进、消化、吸收、再创新，目前我国垃圾焚烧技术已经达到国际先进水平，并拥有自主知识产权，垃圾焚烧产生的有害物质更加可控。

关于垃圾烟气处理，特别是二噁英的问题，有的专家认为在中国二噁英已经被妖魔化。在全社会二噁英排放里面，垃圾焚烧厂占的总量非常低。虽然垃圾焚烧厂确实能够产生二噁英，但是所有国外先进烟气处理技术已经 进入中国，也就是说，我国垃圾焚烧厂水平和国际是接轨的，即使产生了二噁英，从处理技术说，是可以消除或者控制在足够低的水平的。目前国内包括北京市都在执行0.1纳克的标准，这是世界上最先进的二噁英控制标准。这个标准是根据人体耐受能力，对人体没有危害情况下反推出来的。

而反对派也提出了一些具体问题：我国城市生活垃圾种类多、组成部分变化大，严重影响垃圾焚烧厂的实际运行；未经分类的垃圾，使得垃圾处理和发电成本大幅提高；在我国城市生活垃圾中，厨余类有机垃圾成分较多，其含水率基本决定了垃圾的含水量；垃圾含水率高，粘连性强，使得垃圾焚烧厂对垃圾的机械分选以及其他预处理非常困难；同时，水分含量高使得垃圾的热值降低，无法实现自行燃烧，必须添加高热值的煤炭等辅助燃料等等。

即便从技术层面上来讲，垃圾焚烧发电的二次污染问题完全可控，许多人还是担忧执行和监管是否能真正到位的问题。面对未经分类的我国生活垃圾的复杂状况，企业会不会为降低预处理成本而偷工减料？他们会不会为降低成本而私自放宽烟气排放标准？有关部门的监管能否真正落到实处？

这其实已经关乎到了当今时代的企业信誉和监管部门的公信力的深层问题。它是道德生态恶化所导致的结果，毕竟人们见到太多负面的例证，诸如有的企业污水处理厂只在环保部门检查时才启动，有的企业通过暗道在半夜大量排放污水，有些监管部门收了罚款便任由违规等等，这些现象就跟垃圾一样，不断积累，造成一种道德上的污染，导致出现信任危机。

垃圾焚烧，其实是“没有办法的办法”

赵章元也曾经担心，垃圾焚烧厂会在中国像雨后春笋一样出现。事实上，此后的这几年，他的担心真正成为现实。即使“主烧派”和“反烧派”一直都在争论不休，但各地政府还是纷纷进口动辄几个亿，有的甚至达十几亿的昂贵国外设备，大力推行垃圾焚烧发电厂。

在严重的垃圾危机面前，国家层面也积极推行垃圾焚烧发电技术。2012年，国务院《“十二五”全国城镇生活垃圾无害化处理设施建设规划》，要求到2015年全国城镇生活垃圾焚烧处理设施能力达到无害化处理总能力的35%以上，其中东部地区达到48%以上；焚烧处理设施规模30.72万吨/日，较2010年增加21.76万吨/日，在规划新增总处理能力中的占比超过50%。说明在城镇化加速、垃圾量激增，而与此同时城市土地资源紧缺的背景下，垃圾焚烧已经赢得了它的发展优势，并逐渐成为“垃圾无害化”的主流方式。

根据住建部的数据，截止到2013年9月，全国投入运行的城镇生活垃圾焚烧发电厂约159座，日处理规模14.5万吨。而根据规划任务，2014~2015年还需完成约16.2万吨/日的设施规模建设，如果按照单位投资成本50万元/吨测算，2014~2015年的垃圾焚烧发电设施建设投资需求将超过800亿元。

为什么一项争议中的技术会得到如此强有力的推广？

当我们把这一问题抛给刘国田的时候，他有些无奈地说：“这其实是没有办法的办法。”

他认为，这是一种固化的思维方式在起着推动作用，填埋占用土地，造成污染，已近绝路，焚烧节约土地，几乎看不到直接的污染，自然就得到了大面积推广。

尽管一些地方新闻媒体都在为垃圾焚烧技术努力正名，以国外垃圾焚烧处理的大比率和“日本的垃圾焚烧厂建在市中心”等方式进行舆论宣传，“主烧派”专家和一些地方政府官员也为了推行这种方式做出种种技术上和理论上不会产生污染尤其是二噁英可以消除的承诺，但各地的垃圾焚烧厂设立几乎都伴随着反对派专家和附近民众的抵制与抗议，有的甚至导致群体事件的发生。

据不完全统计，从2006年以来，大型公众聚集反对垃圾焚烧事件频繁发生，中国已有30多个城市民众为垃圾焚烧而维权。

2006年，北京六里屯反对建垃圾焚烧厂。

2009年，广州番禺、南京天井洼、北京阿苏卫反对建垃圾焚烧厂。

2010年，贵阳乌当和秦皇岛反对垃圾焚烧厂的建立。

2011年，无锡黄土塘反对建垃圾焚烧厂。

2012、2013年，广州花都、广东东莞反对垃圾焚烧厂的建立。

2014年，武汉锅顶山、浙江杭州反对建垃圾焚烧厂。

中央电视台财经频道《经济半小时》栏目2013年12月报道《武汉全部垃圾焚烧电厂违规一年产20万吨致癌物》：

> 记者了解到，垃圾焚烧厂还不仅仅是产生臭味和污染空气，更为严重的是，武汉市的5家垃圾焚烧发电厂，都存在违法处置“飞灰”的问题。“飞灰”是一种垃圾焚烧的剩余物，垃圾焚烧产生的二噁英，90%都伴随其中，早在2008年就被列入《国家危险废物名录》。国家明令规定，飞灰只有在产生地进行必要的固化和稳定化处理之后，方可转移处置。飞灰一旦泄露，就会造成极大的污染隐患。在武汉市环保局的官方网站上一份公开的文件显示，目前武汉市5家垃圾焚烧发电厂每天产生垃圾焚烧飞灰约600吨，均未按国家有关规定进行固化处理。也就是说武汉市的5家垃圾焚烧发电厂都存在环境违法行为，而未经固化处理的飞灰一旦泄漏或是处理不当，飞灰当中大量的致癌物二噁英就会污染空气、水和土壤，造成严重的污染事故，危及民众健康。

这些报道虽然只是个例，但仍旧说明一些“反烧派”专家和民众的担忧不无道理。

到目前为止，垃圾焚烧发电已经不可遏止地成为国内垃圾处理的一种潮流，面对种种“水土不服”，又没有新的解决办法，又有媒体呼吁提高大众环保意识，从垃圾源头上减少数量、加强垃圾分类的力度，等于不得已之下又走了一个回头路。但更加现实的问题是，一个民众文明程度相对较低，环保意识和公德意识较差的泱泱大国，连外出旅游都因为花样百出的不文明现象而遭到抵制的人群，倘若进行源头上的垃圾精细分类，多长时间能够做到、做好？

事实上，无论国家层面还是环保专家，都一致认为资源化利用才是垃圾处理真正的未来发展方向，只是迄今为止，国外没有现成的可借鉴的经验，国内业界尚未有相应的研究成果，垃圾焚烧只是“无奈的选择”。

“主烧派”的清华大学机械工程系教授徐海云也曾说过：“有土地资源处理，可选择土地处理。没有土地，就得选择焚烧处理并尽可能进行能源利用。垃圾焚烧处理是无奈的选择、合理的选择，也是科学的选择。垃圾处理最好的方法当然是回收利用，垃圾焚烧和垃圾回收利用处于不同层次，不应对立起来。”

之所以说“垃圾焚烧处理是无奈的选择、合理的选择”，是因为他认为全部资源化利用是不可能的事情，他说：“从战略层面上看，‘垃圾就是放错位置的资源’，‘垃圾是未来工业的矿藏’，我们将向‘零垃圾’社会迈进。但从目前看，或者以 10 年为单位尺度看，‘零垃圾’是不可能的，因为有消费就会产生垃圾；类似的道理，将全部垃圾进行回收利用也是不现实的。”

赵章元也在接受央视采访时说：“如果现在我们开始搞垃圾综合利

用，完全来得及。谁都知道资源化利用也难，但是难到什么程度，我分析来分析去，觉得它不会难到像我们制造原子弹那么难。”

由此看来，“主烧派”和“反烧派”的专家都认定垃圾的资源化利用是未来的方向，但他们都认为这样的技术实现的难度非常大，前者甚至认为这是“不可能实现的”。

但这些专家还不知道，他们认为还没出现而且也是极难出现的垃圾资源转化利用技术已经在昌邑出现。刘国田解决了这一难题，只是尚未被专家群体和国家及地方政府所了解和接受。

也许因为刘国田是“业外”人士，他的发明成果尚不为业内所知，也许一位农民的成果容易被当作“小打小闹”而忽视乃至漠视，明明是大家在黑暗中苦苦寻找的一个灯盏就在那里闪光，却未被拿来照亮前路，这也是一种非常令人焦急的无奈。

四　心若在　梦就在

2015 年 2 月 28 日，原央视记者柴静关于雾霾的调查片《穹顶之下》在几个门户网站推出，几乎在刹那间引爆了网络。据不完全统计，到 3 月 2 日上午 9 点，点击量已经超过了 2 亿次。

尽管这一事件本身引起了很大的争议，但毋庸置疑的是，民众已经对几年来连续猖獗的雾霾给予了高度关注。毕竟无处不在的空气遭受严重污染之后，大家都能够直接感知到它所带来的伤害和恐惧，不得不关注并且期望能够得到改善。

不管这个视频是否能够对我国的雾霾防治起到实质性的推动作用，从传播的角度来说，它是成功的，在海量信息充斥人们的生活空间的时代，能够引起如此大的轰动效应，至少能够直接提高人们的环保意识。

新任环保部长陈吉宁说："她从一个特殊的角度，从公众和健康的视角，唤起公众对环境的关注，值得我们敬佩。"

当时，我曾经提醒刘国田，完全可以借助这一时机，推出一部唤起人们对身边的污水以及垃圾关注的短片《大地之上》，或许能够对他的印染污水处理和垃圾资源化利用系统起到良好的推广作用。这完全可以看作一个投机取巧的建议，在眼球经济的时代，在各种繁杂的信息竞相挤占公众关注点的时期，在讲究包装和忽悠、各种信息真假难辨的背景之下，也是一种不得已而为之的方式。况且经历了几个月的采访和了解，我已经明确地知道，刘国田的污水处理和垃圾资源化利用系统既然已经取得发明专利，得到专家学者"国际先进水平"的认定，并且通过不断改进一直运行良好，其应有的声望和地位与实际状况相去甚远，酒香怎奈巷子深，或许真的有必要采取一点非常规的手段去争取关注。

刘国田没有采纳。

深入骨髓的传统道德意识让他对这些方式方法有一种本能的抵触。也正因为如此，他在自己的印染厂里运用的达到"国际先进水平"的印染污水处理系统和经过七代大规模改进同样达到国际先进水平的垃圾资源化利用系统都没有能够得到重视和推广。

这是一个矛盾，是他的品行与当今社会环境的矛盾，也是作为报告文学的创作者必须面对和梳理的观念矛盾。在浮躁的时世中，我们期盼并且倡导传统优秀道德的回归，努力颂扬那些坚守者，然而以当今的某些流行观念及成功标准来看，不懂得自我营销推广的人和产品，常常无法摆脱一直默默无闻甚至逐渐被淹没直至消失的命运，那就是不够"聪明"，不讲"策略"，那又如何值得你大书特书呢？

其实绝大多数人都深刻地懂得，在一个社会环境中，德行的修为远比一项技术的推广意义深远得多，可是在自然环境和社会环境都迫在眉睫需要净化的时刻，并且二者又处在矛盾之中，该如何取舍也成为一个课题。

刘国田的矛盾与冲突

随着采访和了解的深入，我们越来越发现刘国田自身也充满了矛盾和纠结，或者说他的身上存在着面对当今社会现状是坚守还是妥协的一种两难选择。

他近乎纯粹的品格和那种接近理论高度的“正能量”，让写作者为难。因为作为一部文学作品，必须揭示人的性格的组合性，而那种与一般新闻宣传近乎相同的表现，就会有“高大全”的嫌疑，并且人物的思想表达也容易给人造成“唱高调”的怀疑。比如，他说自己研究污水处理是为了还债，他搞苗木产业就是响应政府号召，他做垃圾处理研究就是一种社会担当，在现代人的想象中，似乎不为了一点私利就是不真实的理想化，也就难以被人相信和接受。

但是，他所做的这一切，完全是个人投资，最终造福社会，而且不向政府要求任何的回报，私利何在呢?

我们不得不承认，尽管他也有个人的局限甚至个性上的缺陷，但他的确是一个精神清洁的人。也正因为这种“清洁”，才出现与现实的矛盾和纠结。

一方面，他希望自己的技术能够得到广泛使用，从而造福社会；另一方面他又低调谦逊，不愿意自己被过分宣传，尤其不能接受非正常方式的引人关注。在这部作品的采访过程中，他对自己的研究如数家珍，完全“忘我”状态，当问及一些个人情况时，他便说：“你就写我们的污水处理和垃圾资源化利用系统，我没啥好写的。”我说：“我的目的不是给你做产品宣传，我想写的就是你这个人。你认为你的研究对造福社会很重要，但你可能不知道，你的这个人或许对现代社会的作用更重要。”

他还是说："我没啥好写的。"

一方面，他对当前实施的垃圾处理措施引起的二次污染问题深表担忧，另一方面又不同意我把前面所做的梳理和分析写出来。也就是说，在技术观念上他敢于挑战各种权威，而在思想观念上，他认为对国家的政策应当接受和响应，不应该公开提出怀疑和批评。的确，国务院的有关通知中也明确要求强化资源回收利用和无害化研究，他所做的一切也正符合了这一点。而对于当今垃圾处理的方向性问题，他除了私下里的担忧乃至焦急之外，也只能用"那是没有办法的办法"去加以理解。

也正是这些矛盾，让刘国田的污水处理系统在自己的印染厂发挥着作用，垃圾资源回收利用系统也只让昌邑市成为全国农村生活垃圾治理典型。就如同屠龙刀和倚天剑流落民间，两件至宝尚难以发挥它们应有的作用。

刘氏垃圾资源利用系统的尴尬处境

刘国田从2008年开始研究垃圾处理技术，当时正是"垃圾围城"和"垃圾围村"现象突出而广受关注的时期，在经历了激烈论争之后，国家和各级政府还是选择了焚烧发电作为破壁的主要办法。

这个项目在2011年6月经山东省科技厅组织的成果鉴定认证在总体技术上达到了国际先进水平。2011年7月，刘国田还应邀在北京人民大会堂召开的"响应中国生物多样性保护战略与行动大会"上，就有机污水和城乡生活垃圾资源化利用技术和发展前景做专题发言。就在他潜心研究的同时，在国家层面的规划推动下，各地垃圾焚烧项目已经纷纷上马，他的设备经过一代代改良逐步成熟的过程中，全国上下已经形成了一种垃圾焚烧处理的气候。

他在山东，在潍坊，在昌邑，在奎聚，是在世界一隅、山东半岛一个角落里的农民，即便是有着造福天下的雄心，对偏离轨道的垃圾处理路线忧心忡忡，但也只能眼睁睁地看着一股滚滚洪流呼啸而起滔滔前行而徒留无奈。

刘国田的这一套系统，无须垃圾分类，总体成本低，资源化利用彻底，直接产生效益，无二次污染，专家和权威机构也给予了认证，做出了“国际先进水平”的评价，并且拥有130多项国家专利，城乡环卫一体化的“昌邑模式”也给予了充分验证。

从投资效益来看，昌邑市的资源化利用项目占地一百亩，总投资一亿元，每天处理垃圾350吨，年处理12.6万吨，年产煤3万吨，发电8500万度，生产有机肥2万吨，加之其他的油、塑料制品、建筑材料等，总收入可达3000万元，除去消耗费用1000万元，净收入能达到2000万元，五年可以收回成本。

无论从哪一个方面来说，这项技术都应该得到大范围的推广，并且成为未来垃圾处理方式的主流，但为什么迟迟未得到重视和推广呢?

这也是每一个参观过这套系统的人都会提出的问题。

2015年夏天，笔者与刘国田坐在潍坊的一家茶楼里进行交流。

之前约了很多次，刘国田因为一直忙碌，未能得空，这一次是为了昌乐新能源项目途经潍坊，特意留下来接受采访。

他虽然风尘仆仆，却依旧带着谦和憨厚的笑容，一开口就是纯正的昌邑话：“还想了解哪些东西?”

我说：“我想跟你一起探讨一下，你的这套系统还没有得到推广的深层次原因。”

他笑笑：“我们的设备在昌乐马上就要启用了。”

我说：“这个我知道，我说的是全国层面的推广。这一年多的时间，我在调查和资料搜集过程中才比较深入地了解了垃圾危机，并由此产生了一种深深的恐惧。每当下雨的时候我就会想，有多少垃圾产生的污染物会随着雨水冲走，或者渗入地下，或者流入农田，或者流到作为我们生活用水水源地的水库里；甚至也会想象，空气中飘浮着多少污染物，会被我们吸入，或者被雨水裹挟着落到地面……原来，我的初衷是要写你这个人，但是现在，我好像又迫切地想让你的这套系统得到尽快的推广，感觉迫在眉睫。”

他开玩笑地说：“老话说，心急吃不了热豆腐。我们还是得一步步地走。”

我说：“我担心的是，不心急，将来有热豆腐都没人吃了。你认为现在还没得到推广的主要原因在哪里？”

他开始严肃起来：“这里面的因素很复杂，这套系统，牵扯到一个地方整体垃圾处理方式的改变，环保、环卫都没法做出决定，必须由政府出面。但很多地方的政府，又更多地习惯于执行，也就是说如果国家号召，那就不一样了。”

“但是现在国家层面认可和推行的是垃圾焚烧发电项目，而且很多已经运行，很多正在上马，你的系统生不逢时。”

他的表情变得沉重：“是的，已经投资了的肯定不愿意让这么大的资金投入打了水漂。”

我说：“我认为可能有整个链条上一系列的利益问题，或者还有政绩和面子问题。”

他没接茬儿，只说：“反正很复杂。”

这符合他与人为善的秉性和与世无争的态度。

坐在旁边陪同采访的一位朋友说：“我觉得还是名气不够大，应该想办法宣传造势才行。”

刘国田的这套系统在各级各类媒体上都曾经有过报道，但这些报道大都把农民获得发明专利作为噱头，让人们关注了“新闻点”，却大都忽略了其关键的意义。或许，许多业界人士只把刘国田的系统理解为“农民造飞机”“农民造火箭”之类玩票式的发明创造，认为只是“仅仅能飞起来”或“能发射出去”的并无实用性的设计，从而没能引起足够的重视。

这也反映出刘国田的运作理念问题，他完全醉心于自己的研究，只会脚踏实地地走路，坦坦荡荡、实实在在，殊不知在这个讲究包装和炒作的年代，江湖术士被包装成“大师”，下岗职工被炒作为“神医”，跑调歌手被渲染成“巨星”，学术草包都能忽悠成“专家”。刘国田一直都保持着自己的农民本色，未加任何系统包装，没有什么炫目的光环，要想引人注意、脱颖而出，确实很难。

刘国田却说：“我总不能为了推广项目去走歪门邪道吧？”

事实上，从目前的状况来看，即便他的这一套系统完全解决了人们担忧的二次污染问题，也有前面所列举的投资回报，但其投资回报率是否能够吸引企业参与是一个问题。即使有企业愿意投资或者就是由金丝达公司来投资，政府能不能接受又是一个更关键的问题。因为这毕竟只是一个农民的研究成果，国家相关部门没有明确的意见和政策，如果采用，不仅要担心较大投资的风险，还要忧虑政治风险。反观垃圾填埋和焚烧，国家提倡，政策扶持，只要认真完成任务，便无任何风险。而那些垃圾焚烧发电设备，有的来自世界发达国家，拥有雄厚的实力，有的虽然是国产，但在认识和接受上已经先入为主，况且他们都有强大的资金支撑，拥有成熟的宣传推广团队和推广渠道，无论从大环境还是小气候来说，都算作顺势而为，水到渠成。

如此看来，刘国田的垃圾资源化利用系统，虽有众多参观者由衷赞叹，也有很多媒体加以宣传，但只叫好却鲜有人接受，这似乎也在情理之中。

但这不是中国环保未来的“情理”。

我说：“我希望这本书写出来以后，能让习主席和李总理读到。不只是垃圾的资源化利用问题，还有污水处理问题，关系到人类生存，需要各地政府有责任和担当，需要全部从业者带着纯粹的良知去做好，不能得过且过，更不能掩耳盗铃。”

大德至善：正能量的积聚与释放

走笔至此，不得不承认有点偏离自己写作的初衷，在关于我们国家垃圾处理的问题上倾注了太多的笔墨，但唯其如此，才能让大家了解到刘国田的技术推广应用的必要性和迫切性。虽然，我们还得申明自己不是被收买来做这个项目推广的枪手，但用当今怀疑一切的思维方式来看，这似乎又有点欲盖弥彰。

于是，我们也掉进了和刘国田相同的矛盾之中。

好吧，让我们回过头来，继续了解和剖析刘国田其人。

为什么？这是一个常见又具有终极意义的问题。它能够解答其行事的动机与目的。“人不为己，天诛地灭”的老话，一直被我们看作封建主义和资本主义的价值观念加以批判，但人性论的观点又指出每个人都有私心，所谓“大公无私”只是一种理想状态。20 世纪 80 年代初，《中国青年》杂志刊登了苦闷青年“潘晓”的一封信《人生的路啊，怎么越走越窄……》，其中所提出的“主观为自己，客观为别人”的观点引起了全国性的争论，在那个年代自然还是以否定和批判为主，但随着时间的推移，还是慢慢被普遍接受。进入 90 年代以后，消费主义带动了享乐主义，培植起了拜金主义，并且像污水和垃圾一样渗透蔓延，使得“自私自利”的思想观念虽未被宣扬但还是遮遮掩掩地大行其道，于是，贪污腐败、贪赃枉法、造假售假、损人利己、骗局翻新等违法违纪道德堕落的现象不断出现，与此同时，理想、信念、崇高、无私等具有人类终极意义的词句在有些人的面前居然成为笑柄，在他们眼中主流宣传中的

“无私奉献”就变得可疑，不是“炒作”就是“作秀”，似乎任何人必须怀有私心才是真实可信的。

这是一种可怕的状态。

于是，我们抛开以往宣传报道中常见的那种“高大全”的表面化颂歌式表现，试图毫不避讳地进行多角度的理性分析，以让这个人物变得“可信”，毕竟，我们从他的身上，看到那些被人怀疑的品质的存在。

如果说人必须有私心，对那些品德高尚的人来说，或许只有“个人价值实现”更能够做出解释。而这种“个人价值实现”就是价值观的行动表达，对于拜金主义者来说是得到更多的金钱，对于贪恋权势的人来说是做更大的官，而对于那些追求创造的成就的人，成功的创造就是实现人生价值，对于渴望得到社会承认的人来说，一种认同便是价值实现。如果像雷锋那样，将人生的“有限”与为人民服务的“无限”相结合，“为人民服务”就是他的“私心”。

少年时代因为家庭成分问题失去了继续求学的机会，是刘国田的一个心结，尽管他鲜有提及，甚至不愿意想起，但其实对于一位学习成绩突出并有着远大抱负和强烈自尊的年轻人来说，影响深远。在以后的成长岁月里，他始终都在用自己的聪慧和努力去扭转这一切，试图进入主流社会并得到认可。而且他的家庭教养与所处时代的主流教育决定了他的品行与价值观念，他需要做好事做好人，才能够实现自己的梦想。

市场经济给了刘国田发挥能力的空间，而印染厂给他带来的财富，又成为他实现愿望的资本，于是，他做公益、惠大众，用实实在在的行动去证明自己。

1994 年 12 月，刘国田加入中国共产党。

2004 年 6 月，金丝达公司率先成立党支部。

这种进步的追求，对于某些企业家来说，有某种政治性野心或者权力欲望，甚或就是为了企业发展的公共关系需要，但在刘国田这里都不是。他入党就是为了证明自己的思想行为已经达到了一名共产党员的标准，成立党支部则是表达自己的企业是在党领导之下的主流组织。因为在任何一级党政机构面前，他从来都是服从、配合、分忧的，从未提出过任何额外的要求。

他的责任与担当，也完全是发自内心。

他响应政府号召，转战苗木产业。他把自己投资建设的绿博园和发起的苗木博览会交给政府，完全没有任何的附加条件，只是把自己和企业的"有限"纳入昌邑这片土地的"无限"的一种本能性行为。这种行为，之所以被有些人"不理解"，也被有些人怀疑是为了攫取更多的利益，完全是价值观念的差异所致。

尽管他对任何人都说，污水处理系统的研究是为了还子孙后代的"良心债"，我们也承认这是他的初衷，但是还债的方式有很多，比如另外购买更先进的处理设备，比如交给专业的研究机构去进行研究设计，为什么还要亲力亲为，带着几个老伙计就做出来了呢？

或许连他自己都不会明确地知道，潜意识里面，他还是为了证明自己的价值。求学之路被阻，阻不了他的学习和思考的脚步。一次次挑战未曾涉足的领域，让他有了一种强烈的自信，他不仅能够做一个被主流社会接纳的好人，还可以做到那些硕士博士专家学者所做的事情。

这，又未尝不是对当年失学梦碎的一种自我证明或圆梦行动。

而到了垃圾资源利用系统的研究，已经不再是为了这种证明，而是在污水处理系统研究的过程中，让他发现了自己的另一种价值追求，或者说是因为科研让他发现了一种创造的乐趣，并且这种乐趣的价值实现具有更加伟大的意义。主观上实现自我价值，客观上造福人类，何乐而不为呢？

于是，投资几亿元他也心甘情愿。

于是，多年的历练与成长让他的身上集聚了完全而纯正的正能量，这种正能量让他淡泊了名利，超越了私心，形成一种至善大德。

我们也就可以明白刘国田“为什么”做这一切，“为什么”不爱被宣传，“为什么”看淡自己所得到的一连串的荣誉了。

虽然他自己并不愿意提及，但是这些荣誉也是他人生正能量的一个见证，故列举于此：

2004 年获农业部“全国粮食生产大户”；

2005 年被评为“山东省优秀中国特色社会主义事业建设者”；

2006 年被评为“山东省兴林致富十佳标兵”；

2007 年被授予“潍坊市关心国防建设十佳人物”称号；

2008 年被中共山东省委授予“山东省优秀共产党员”荣誉称号；

2009 年被授予山东省“富民兴鲁劳动奖章”；

2009 年被授予“潍坊市十大环保人物”荣誉称号；

2010 年被授予“山东省乡村之星”荣誉称号；

2010 年被授予 2009 年度“潍坊市十大新闻人物”荣誉称号；

2010 年被评为“低碳山东功勋人物”；

2011 年被授予潍坊市“诚实守信道德模范”荣誉称号；

2011 年被授予“全国身边好人”荣誉称号；

2011 年被评选为“低碳山东优秀学者（专家）”；

2012 年被授予 2011 年度“中国农村新闻人物”开拓创新奖；

2012 年荣获第四届“光彩事业国土绿化贡献奖”；

2013 年当选为第十二届全国人大代表。

为环保而坚持的人生，永远在路上

那是 2013 年 1 月的一天，消息传来，刘国田当选为第十二届全国人民代表大会代表。

很多的领导、朋友和同事都纷纷打来电话表示祝贺，他自己却一直感觉有点蒙。在所有的荣誉当中，这是他最看重的一个。在他的心目中，这不只是对其人生价值和不懈追求的一种承认和褒奖，更是一份沉甸甸的责任和担当。

昌邑刚刚下过一场雪，处处都被洁白覆盖，显得简洁而又纯净。刘国田婉拒了朋友为祝贺要组织的饭局，一个人到了印染厂的污水处理车间，又去了流青园，去了绿博园，再到垃圾资源化利用车间……这是他迄今为止生命中最为得意的几件作品，他仿佛要重新确认一下，自己所做的一切是不是完全正确，能不能对得起人民代表这个称号。

从那个十四岁的失学少年，到今天的全国人大代表，已经过去了四十多年，而他的这段生命历程，契合着中国社会的变革、发展与腾飞，沿着国家倡导的轨迹一路跋涉一路探索一路追寻一路攀登，而今，他作为昌邑市近三十年来的唯一一名全国人大代表即将走向人民大会堂去参加全国人民代表大会，这完全超乎他曾经的一切人生梦想。

那么多的荣誉到来时，他都是淡然处之，但这份荣誉到来，连他自己都想不到会如此激动。晚上，久久不能入眠的刘国田披衣到自己的书房里，坐下来，静静地思考着自己应当承担的一切，他需要反映民意，需要提出建言。在这些年里，他已经完全浸润在环境保护的状态之中不能自拔也不想自拔，毕竟他生于潍河岸边，长于渤海岸边，他做过印染行业，他看得见潍河水流的变化，知道渤海湾里的状况，能够深切地感知到最基层的乡村在经济飞速发展的同时所出现的严重污染现象，如果说他做苗木产业是为了在这一个区域的自我救赎，那他做的污水处理系统和垃圾资源化利用系统，则应当在更广阔的空间里发挥更大的作用。

当然，他思考的还不局限于这两套系统的简单应用这种个人化的问题，作为人大代表，他需要站在更高的高度，提出具有更广阔视野的意见和建议。

2013年3月5日，中华人民共和国第十二届全国人民代表大会第一次会议开幕。再度走进人民大会堂的刘国田，不是做报告的专家，也不是领奖的“农村新闻人物”，而是参政议政的全国人大代表。这一次，他大胆地提出了《关于加强城市中水回用的建议》：

> 我国水资源严重匮乏，但又存在着水资源严重浪费的现象。随着国家治理水污染的力度不断加大，工业和生活污水大都经过污水处理厂处理基本达到了中水标准，然而这些经过处理后的污水大部分没有回用而被排放到了江河湖海，不但浪费了大量的淡水资源，而且给江河湖海造成了严重污染。强力推进城市中水回用，是节约水资源、减轻水污染的有效途径。
>
> 原建设部早已发布了《建筑中水设计规范（GB50336－2002）》，国务院也已下发《国发（2012）3号》文，要求在进行各类建筑物和建筑小区建设时配套建设中水设施，加快城市污水处理回用管网建设。然而，这些规范和要求还没有真正落到实处。建筑物和建筑小区建设时大都没有按有关规定铺设中水管道、配套建设中水设施，城市中水回用管网建设还远远滞后于城市建设。分析其原因，一是国家没有出台强制性措施推进城市中水回用；二是没有鼓励政策激励开发商和建设者主动积极地配套建设中水设施。
>
> 国务院应出台强制性措施和鼓励政策，强力推进城市中水回用。为尽快推进中水的有效利用，应在各类建筑物和建筑小区设计建设的同时铺设中水管道，配套中水设施，并且在城市供水规划建设中，规划建设污水处理厂与城市中水利用管网系统，避免以后重复改造建设而造成浪费。

这一建议，源自于他的污水处理实践，却进入了城市发展的范畴，具有极强的针对性和非常深远的意义。建议被《中国环境报》《中国新闻网》等多家媒体广泛报道，被认为是一项可操作性极强的节能环保措施。会议期间，他还接受央视采访，就食品安全问题提出了自己的观点。

从此以后，刘国田更加忙碌。除了继续深化完善他的垃圾资源利用系统，还要行使一名人大代表的职责，深入民间广泛调查，搜集民意，发现问题，并且参与各种社会公益活动，传播自己的环保观念。

2013 年 10 月 13 日，刘国田董事长应邀到山东大学环境学院为 2013 级新生作专题报告，分享了自己的人生经历和创业过程，强调了环境保护在当今时代的必要性和迫切性，鼓励学生们珍惜大学生活，学好知识，将来为环保事业做出贡献。

2014 年 3 月，第十二届全国人民代表大会第二次会议召开，李克强总理在《政府工作报告》中提出，以国家新型城镇化规划为指导，做好相关规划的统筹衔接。通过提高建设和管理水平，让我们的城镇各具特色、宜业宜居，更加充满活力。于是，刘国田又在“垃圾围村”问题上做文章，提出了“政府花钱买服务”的主张。

他在调研时发现，一些地方“垃圾围城”“脏乱差”等问题依然严重，很多地方重经济、轻环保，由于农村群众环卫意识淡薄，垃圾随处乱扔，已经成为影响农村环境面貌的普遍问题，制约了生态文明建设，也阻碍了新型城镇化进程。

刘国田认为，造成这些现象的主要原因是，农村垃圾面广大、构成复杂，增加了集中处理的难度，而地方政府对农村生态文明建设重视不够，再加上实行环卫管理的农村地区大多采用“户集、村收、镇运、市处理”的传统模式，存在多头管理、各自为战、管理不力等弊端。资金投入、队伍建设、监督管理等保障机制并不健全，不仅没有统一标准，而且目前普遍采用的填埋、焚烧等手段，不能从根本上解决环境污染问题。

刘国田所提出的建议是，推进城乡环卫一体化，以县为单位，将全县城乡垃圾清运处理工作统一委托给一个部门处理，统一收集，统一清运，集中处理。国家应出台鼓励资本投资建设城乡生活垃圾资源化利用项目的政策措施，推行垃圾无害化、资源化处理和利用，从根本上解决传统填埋、焚烧等方式造成的二次污染问题。还要利用数字化技术，通过车辆GPS定位量化管理、对讲机通话定位、垃圾收运物联网智能化管理、城区及环卫设施监控等现代化管理模式，实现统一标准、统一检查、统一考核和评比。

而要实现这些目标，应当按照“谁产生、谁付费”的原则，实行县乡村分级投入资金，以县乡两级财政为主，多渠道筹措资金。加快环卫管理产业化，政府花钱买服务，委托企业市场化运作。

2015年的全国人民代表大会第三次会议，李克强总理所做的《政府工作报告》中大量篇幅涉及污染问题：“生态文明建设关系人民生活，关乎民族未来。雾霾天气范围扩大，环境污染矛盾突出，是大自然向粗放发展方式亮起的红灯。必须加强生态环境保护，下决心用硬措施完成硬任务。”“我们要像对贫困宣战一样，坚决向污染宣战。”“强化节水、节材和资源综合利用。加快开发应用节能环保技术和产品，把节能环保产业打造成生机勃勃的朝阳产业。”

或许正因为如此，刘国田成为各大媒体竞相采访的对象，而他也面对不同的媒体提出了自己的观点。他对《光明日报》记者表达了“希望所有的垃圾都能够变废为宝”的梦想；面对《中国新闻网》的采访，他提出参考森警、海警等行业警种设置，建立“环保警察”，对环境污染企业或主体实行快速执法，解决环保部门“有义务没权力”的尴尬境地；在《中国青年网》和《人民政协网》的“两会大家谈”专访中，他不仅“为带领乡亲们走上绿色致富路深感骄傲”，并且继续强调了“经济发展不应以牺牲环境为代价”这一似乎已经成为共识但依旧有人在继续违背的观点；而在《光明网》和《中国人大》杂志社的专访中，他再次强调："生活垃圾不再是污染物，完全可以转化为资源。原来我们提垃圾处理厂，这个叫法就有错误。处理不了的东西，污水也好，垃圾也好，是处理不好的，唯一的办法是转换利用，只有利用了，没有排放物了，才不会污染环境。"

然而，令人遗憾的是，尽管有如此大范围的宣传报道，这位农民"环保专家"最符合未来发展需要的资源化利用技术，仍旧未能引起足够的重视。

他还是在路上。

他说："我只能给自己的垃圾资源化利用系统用三个'基本'来总结：基本解决垃圾问题；基本不再污染；基本自负盈亏。但我们的系统还不能说是完美的，或许永远都需要改进修正，因为时代在变，环境在变，垃圾成分在变，社会需求在变……注定这是一条永无尽头的路。"

一条永无尽头的路。

这话说得轻松，但隐含着一种悲壮。

我们仿佛看见，一手握着"污水回收利用系统"之剑、一手握着"垃圾资源化利用系统"之刀的刘国田，原本魁梧高大的身影，在一个污染肆虐的苍茫背景下，显得孤单而又渺小。但他凭借着梦想赋予的力量，挥舞刀剑，与戕害人类的污染之魔奋力搏杀，坚定前行……

尾　声

“绿色梦想”版图扩张

2014 年 8 月，金丝达新能源科技有限公司投资 1.8 亿元在山东昌乐建设日处理 600 吨垃圾的资源利用系统，2015 年 7 月已经开始试运营。在昌乐五图街道工业园内，占地 110 亩的“昌乐新能源项目”将建成“产、学、研”一体化的生态环保产业示范基地。新建成的大型建筑里处处都可以看到“垃圾资源化”的实际应用成果，墙板、地板、楼梯、栏杆、窗台、门框、路牙、整体厕所、花坛……全部都是他们用垃圾转化生产的木塑产品制成，坚固美观。而在密封的空间里新一代的垃圾资源化利用设备，在不同的区域进行着各自的运转：破碎剥离淘洗分选，建材、硅塑、木塑产品制造，原油生产，大型厌氧罐厌氧处理，沼气发电，沼渣制肥……

负责这一项目的是金丝达实业公司副总经理、金丝达新能源科技有限公司总经理张大鹏，一位有着硕士文凭的精明强干的年轻人，他说：

“在这里的大都是80后和90后，学历也比较高，刘总很善于吸收有高学历的新生代，给我们一个舞台，也给公司增添活力。”

我一直以为，自学成才且成绩斐然、成功验证“三个臭皮匠赛过诸葛亮”的刘国田会从个人体验出发，对重文凭轻能力、重知识积累轻实际应用的当今正统教育培养出来的年轻人会有所排斥，没想到他居然也吸纳了这么多新生力量。

刘国田笑着说：“这个时代瞬息万变，我们必须重视知识和文化，重视年轻人的活跃思维。我更看重的是能力不是学历，是文化不是文凭，当然啦，如果都有，那就更好了，这样的人才一定得留下。”

这种眼光和胸襟，全然不是我们心目中的农民企业家所具备的，笑过之后，心中暗自赞叹。

“昌乐新能源项目”是刘国田又迈出的一大步，或许能够成为他的梦想版图扩张的一个起点。

就在本作品的修改阶段，又传来消息，2016年1月25日，他们与沙特阿拉伯签订了一份价值人民币7亿元的合同，第一期在沙特建立两条垃圾资源化利用生产线。这是沙特阿拉伯通过全球招商，邀请国际评估公司多次前来考察而最终确立的结果。他们认为，刘国田的这一技术不仅杜绝了二次污染，而且能够将垃圾资源充分利用，完全符合他们的长远规划要求。此次签约将成为这个项目的发展爆破点，2～3年内，中东地区还将继续建设二期三期工程，总价值在50亿元人民币左右。而未来在澳大利亚也将建立10条生产线，对已经精细分类的垃圾进行资源化利用。

最近，印度尼西亚首都雅加达市有关部门也正在与刘国田进行洽谈，准备引进其垃圾资源化利用项目，解决已经极其严重的“垃圾围城”难题。

这都是好消息，但是听来心里总有点不是滋味儿。一方面，这个项目被国外承认并接受，或许能走一条“出口转内销”的“曲线救国”路子，可以促进国内的接受采纳的速度；另一方面，为什么我们的许多好东西总是要走这样一条“曲线”呢?

其实，在此之前的一段时间内，刘国田遭遇了非常严重的资金危机。国内推广艰难，昌乐项目仍旧需要投入，项目研发升级又一直没有停步，但就在这个节骨眼儿上，银行撤贷5000多万元……处在窘境之中的刘国田仍然带着轻松的笑容说：“肯定会有钱的。”这是他对自己的技术充满自信的表现。于是，他在朋友们的帮助下采取多种方式东拼西凑，没有间断投入，努力撑过了这一段艰难时期。当与沙特洽谈合作事宜之时，有人说：“沙特有的是钱，这次可以多要一些了。”刘国田并没有动心，他还是带着一种造福人类的责任来做这件事情，并不希望以此来一夜暴富，因此，最终确定的价格仅仅是国际上其他同等数量垃圾处理方式的三分之一。

我们知道，对他来说，“绿色梦想”版图的更大范围扩展，比坐拥大量财富更具价值。

国家“绿色生态文明”战略提供机遇

2012年11月，党的十八大从新的历史起点出发，做出“大力推进生态文明建设”的战略决策。十八大报告中说：“建设生态文明，是关系人民福祉、关乎民族未来的长远大计。面对资源约束趋紧、环境污染严重、生态系统退化的严峻形势，必须树立尊重自然、顺应自然、保护自然的生态文明理念，把生态文明建设放在突出地位，融入经济建设、政治建设、文化建设、社会建设各方面和全过程，努力建设美丽中国，实现中华民族永续发展。”

2015年5月5日，《中共中央国务院关于加快推进生态文明建设的意见》发布。

2015 年 10 月 26 日至 29 日，中国共产党第十八届中央委员会第五次全体会议在北京召开。在这次被认为会直接影响中国未来社会经济走向的会议公报中指出："坚持绿色发展，必须坚持节约资源和保护环境的基本国策，坚持可持续发展，坚定走生产发展、生活富裕、生态良好的文明发展道路，加快建设资源节约型、环境友好型社会，形成人与自然和谐发展现代化建设新格局，推进美丽中国建设，为全球生态安全做出新贡献。促进人与自然和谐共生，构建科学合理的城市化格局、农业发展格局、生态安全格局、自然岸线格局，推动建立绿色低碳循环发展产业体系。""全面节约和高效利用资源，树立节约集约循环利用的资源观，建立健全用能权、用水权、排污权、碳排放权初始分配制度，推动形成勤俭节约的社会风尚。加大环境治理力度，以提高环境质量为核心，实行最严格的环境保护制度，深入实施大气、水、土壤污染防治行动计划，实行省以下环保机构监测监察执法垂直管理制度。筑牢生态安全屏障，坚持保护优先、自然恢复为主，实施山水林田湖生态保护和修复工程，开展大规模国土绿化行动，完善天然林保护制度，开展蓝色海湾整治行动。"

我们仿佛能够看到刘国田的苗木产业、污水和垃圾资源化利用系统都有了更加广阔的空间和更加美好的前景。我们热切希望他的发明创造能够在"十三五"中得到更广泛的推广，为建设"美丽中国"添砖加瓦。

他依旧走在环保探索的路上

前不久，我与刘国田再次相见。他拿出手机，播放了一段视频给在座的人看。那是一个新型的燃烧炉，熊熊火焰从炉口喷薄而出，完全是无烟状态。

这是他的最新发明。他说我们传统的燃烧炉都是从炉口添加可燃物去覆盖正在燃烧的火焰，而在此过程中就会因为燃烧不充分而产生烟，从而造成大气污染。这个燃烧炉是从火焰后部添加可燃物，无须覆盖，并且能达到充分燃烧。如果这一技术能得到推广，不仅能大幅度减少燃料使用，节约大量能源，而且能大幅减少烟气排放，直接降低大气污染。

我的思绪还在垃圾处理的问题之中，因而立即就产生了联想，问他："假如我们国家还在推广垃圾焚烧发电技术，这个燃烧炉的技术是不是也能起到减少排放物的作用？"

刘国田还是那招牌式的憨笑："只要稍加改造，就能把这一技术应用到垃圾焚烧领域中，我们的目的就是减少污染排放啊。"

那一刻，看着这位年近六十岁的农民憨厚朴实的笑脸，内心里忽然就涌起一股暖流，深深地被他的执着与担当所感动。论人生，他堪称功成名就；论财富，他已经有了几代人都花不完的积累；论贡献，他也可以写进昌邑农业乃至中国环保的历史……此时的刘国田，完全可以守着已经拥有的一切，轻松地享受生活。但他仿佛跟环境污染较上了劲，就是要发挥全部的智慧，见招拆招地解决污染难题，终其一生而无怨无悔。

这让我们不得不由衷地相信，刘国田的环保行为，不是一位农民企业家在事业有成之后灵光一现的突发奇想，也不是因为简单地应对污水和垃圾污染而显示出的聪明才智，而是真正投入全部身心，虔诚地去做一项有益于人类生存发展的事业。

那么，诸如良知、责任、信念、梦想、奉献之类的辞藻，放在这个普通人身上，就不会有任何的牵强，即便是在一个"躲避崇高"的话语氛围之中，也是那么的贴切、和谐。

这是名副其实的"正能量"。

后 记

2014年7月，山东省潍坊市的一位前任市政府领导建议我们写一部关于刘国田的报告文学。

成功的企业家撰写自传或者成功企业家请人为他撰写报告文学，已经是形成多年的一股潮流，在书店的“传记文学”橱柜里，这样的作品也比比皆是，但是由一位前任市领导建议而非本人意愿的作品还不多见。

那么其中必有缘由。

这位领导说，他跟刘国田本人并没有什么特殊的交情，只是在担任昌邑市主要负责人的时候有过诸多工作上的交流和配合。而刘国田，在他到任之初，并没有像一些企业家那样为急于与新任领导搞好关系有主动汇报工作之类的举动。从某种意义上来说，他与刘国田的私人交往甚至不比跟其他企业家更多更接近一些。之所以认为应当有这样的一部作品，他不是为了刘国田，更不是为了自己，而是为了社会。

他认为刘国田的形象能够鲜活而真实地向社会传递正能量。他说当今社会需要这样的正能量。

毋庸讳言，中国社会在经历了多年市场经济的洗礼之后，由于种种原因忽视了传统美德的继承和新的道德意识的构建，拜金主义的思潮坚硬了人们的心，“唯利是图”成为人们崇尚的扭曲价值观，利己主义成为人们心安理得的人生观。前些年，“厚黑学”“阴谋术”的盛行和“空手套白狼”的所谓“成功学”受到追捧，都是这种价值观的产物。诸多社会群体的形象，就在这样的社会生态下遭到严重破坏，其中也包括官员形象和企业家形象。

早在1992年，习近平就在个人著作《摆脱贫困》中指出：“社会主义商品经济的发展对于新时代文明和道德的发展有着重大的现实意义。”“社会主义商品经济的发展，只是为精神文明的发展提供了前提条件。商品经济毕竟有其固有的一些消极属性，资产阶级极端利己主义的价值观念还不时地在毒化人们的心灵，拜金主义还会在一些人的头脑中膨胀，社会主义初级阶段还存在商品拜物教。因此，我们在发展社会主义商品经济的同时，毋忘加强思想政治工作，要加强社会主义精神的培养和道德素质的修养。我们必须有意识地促使人们在商品经济活动中逐步地认识商品生产的规律，学习和掌握商品生产经营的知识，逐步形成与现代生产和生活需要相适应的思想观念、道德品质和生活方式。”“我们切不可物质上脱贫了，精神上却愚昧了。我们需要的是‘仓廪实而知礼节’‘衣食足而知荣辱’。”

党的十八大以来，新一届领导集体更是强烈地关注到了意识形态领域出现的一系列问题，并且采取多种措施加以修正。十八大提出，倡导富强、民主、文明、和谐，倡导自由、平等、公正、法治，倡导爱国、敬业、诚信、友善，积极培育和践行社会主义核心价值观。习近平总书记不仅多次对培育和践行社会主义核心价值观做出重要论述、提出明确要求，并且在诸多讲话中强调继承和弘扬优秀的中华传统文化，“学习和掌握其中的各种思想精华，对树立正确的世界观、人生观、价值观很有益处。学史可以看成败、鉴得失、知兴替；学诗可以情飞扬、志高昂、人灵秀；学伦理可以知廉耻、懂荣辱、辨是非”（2013年3月习近平同志在中央党校80年校庆时的讲话）。

全面深化改革、调整经济结构、坚决反对腐败……这是民族复兴“爬坡过坎”的关键阶段，在这个阶段最需要的是国家和民族始终保持一种蓬勃生机和奋发向上的精神姿态。正因为如此，习近平总书记才多次强调传统文化和道德建设，党中央才把社会主义核心价值观的培育践行纳入国家管理体系，这一切，就是要为现代中国人立“主心骨”，提“精气神”。

这位市领导认为，刘国田的形象恰好符合这个时代的需要。他在艰苦创业的过程中，恪守传统美德，以智慧和勤劳获取财富，诚信而且仗义，与人为善，与世无争；有了财富积累之后，为富而仁，不忘百姓，扶危济困，造福社会；当他发现环境遭到破坏的时候，主动进行污水处理，减少环境危害；而他发起苗木产业，完全来自一位企业家承担社会责任的自觉，不仅不求政府的任何支持，反而投入大量人力财力物力，担负起许多政府应当担负的责任；致力于垃圾资源化利用系统的研究，也是出于对社会乃至对世界的一种担当，自发、自觉并且自己投入巨额资金不求回报地默默进行，最终成为掌握世界领先技术的“环保专家”。

他有至善的大德。这种大德值得每一位企业家甚至是每一个人对照反思。

他又有其与众不同的大道。这种大道，就是将复杂的事物简单化，有时候简单到一个理念就能扭转乾坤。他在企业管理方面有自己独到的见解，在技术研究方面也有自己开阔的思维方式，善于学习和思考，接受新事物的时候不是山寨思维的生搬硬套，而是寻找规律消化吸收，直至为我所用。这其实正是我们所倡导的创造性思维和开拓精神。

这位市领导讲了一个例子：在昌邑市的水产业历史上，养虾和养鱼的都有，唯独没有出现过养海参的先例。有一年，全省的海洋水产会议提倡人工养殖海参，昌邑市委市政府也发出了这样的倡议，没有任何海洋水产养殖经验的刘国田就不声不响地建起了海参养殖基地，并且迅速试验成功。一年以后，他便把养殖基地转让出去，从此，昌邑市的大棚海参养殖业蓬勃地发展起来。他做这些，不是赚钱也不是要名，就是响应政府号召，让自己的聪明才智得以发挥。

领导的意识和境界自然带有非常强烈的主流思想色彩，他希望树立的是一个时代楷模，从他的讲述中能够看出，刘国田的品质行为都能够名副其实。但是，多年以来，由于过多过度的“高大全”式宣传让人们产生了一些心理逆反，包括诸多企业家传记文学也都是一味地歌功颂德型，作为创作者，这样的题材其实对我们来说并没有特别大的吸引力。因为完全可以预见，这样一部报告文学写出来，由于塑造的是一位典型性的先锋模范人物，即便是完全真实的，也极有可能被质疑被忽略甚至是被漠视。于是，我们决定先去见见刘国田再做决定。

那个夏日的上午，我们到达了昌邑市的金丝达实业公司。见到的刘国田是一位身材魁梧、朴实憨厚的农民，他给人的第一印象是沉稳内敛，说起话来慢声细语而且面带微笑，唯有在介绍他的垃圾处理设施的时候才隐约流露出一种掩饰不住的自得与自豪。那一套设备确实令人振奋，凭我们的理解认识，其实际价值远远超出如今对它的宣传和评价。如果假以时日，能够引起国家层面的重视，在全国得以推广，刘国田应该被记入中国乃至世界环保的历史。

而当我们在参观他的苗木基地和苗木交易市场的同时，了解到他的人生经历的时候，深深地感觉到这是一个传奇，一位新时期普通农民成长的传奇，也是一名新时期的中国人在时代潮流中以智慧和勇气实现人生目标的传奇。

我们决定撰写这一部作品，不是出于塑造先模人物的目的，而是深切地感觉到他的思想观念和行为方式能够给更多的普通人、更多的企业家、更多的科研工作者以启迪。同时，我们在调查采访中深切地感受到污水和垃圾所造成的环境污染远远超出平时的想象，而现有的处理措施又完全不能达到消除污染的目的，也希望能借此机会将其发明的污水处理和垃圾资源化利用系统进行更广范围的传播，让它们能够尽快地造福更多的地方和更多的人。

我们知道，这与那位市领导的初衷是殊途同归的。

令我们意外的是，采访刘国田的过程并不顺利。一个原因是他忙，他说在企业中他原本就是一位“甩手掌柜”，彻底放权，不插手具体事务，把自己解放出来才有时间和精力去做科研。但是，那段时间他不仅做科研，还因为当了全国人大代表而有了特别多的公务，关注了更多的事情，所以很难拿出大块的时间来讲述他的往事。其实，我们觉察得出，真正的原因是他对这样一部报告文学并没有什么兴趣。这源于他的低调和对于宣传个人的一种本能的回避与抵触，这是一种谦虚，也是一种对名利的淡泊。这让我们产生了一些挫败感，但是我们没有放弃，因为此时，已经被他的经历与思想所吸引，同时，也发自内心地期望通过我们的努力，让他的成果得到尽快的推广。

这是他的人格魅力的感召，也是他身上的正能量让我们受到了某种激励。

经过半年多的时间采访刘国田及其周边的人，这个新时代农民的形象在我们的头脑中逐渐浮出水面，也就越发拥有尽快写出这部作品的冲动。

而在真正的创作过程中，我们也发现，正因为他的“好”，作品少了很多噱头和矛盾冲突，但这就是刘国田的品德和智慧所产生的结果，值得每一个人品味深思。他告诉我们，好人确实有好报，经商不必“奸”。诸多曾被许多人怀疑过的古训，在他身上几乎都能找到契合点。

当然，人无完人。刘国田肯定有他自身的缺点和局限，也曾经因此而产生过相应的后果，作品中也有所体现。

其实，想告诉读者的是，我们用诚挚的心写了一个真实的刘国田。

2015新年伊始，习总书记赶赴云南考察调研，在与各民族群众和基层干部座谈时指出："什么是城镇化？城镇化就是要让农村和农民享受和城市一样的（公共）服务。必须留住青山绿水，必须记住乡愁。什么是乡愁？乡愁就是你离开后还很想念。要像保护眼睛一样保护生态，要像对待生命一样对待环境。现在离两个百年目标，全面建成小康还剩五六年了，不能空喊口号，要真抓实干，要精准扶贫，真正扶到根上，让人民群众得到实惠。"刘国田所做的一切，正是实实在在地践行着总书记的话，以苗木产业改善生态并带领农民致富，以自己的潜心研究保护和改变着环境。

我们所写的，不只是他所做出的环保奇绩，还有他对传统美德的恪守，对信念的坚持和对梦想的追求。我们期望这部作品所传递的信息，就如同他进行的环保事业一样，能够起到清洁世人精神的"环保"作用。

鸣谢及说明

在本书创作过程中，得到了潍坊市原副市长邢培彬先生、潍坊市委宣传部副部长丁汉邦先生、潍坊市文联副主席王妍妮女士的指导与支持，并得到了策划撰稿人胡以贵先生、潍坊电视台主播赵厚伟女士、金丝达集团工会主席刘素平女士的大力协助，在此表示衷心感谢。

感谢山东文艺出版社杨智先生的支持和帮助，让本作品得以出版发行，与广大读者见面。

图书在版编目（CIP）数据

留住青山绿水:刘国田:一位中国农民的精神坚守与环保奇绩 / 马永安著. —济南:山东文艺出版社, 2016.8

ISBN 978 - 7 - 5329 - 5322 - 6

Ⅰ.①留… Ⅱ.①马… Ⅲ.①报告文学—中国—当代 Ⅳ.①I25

中国版本图书馆 CIP 数据核字(2016)第 184487 号

留住青山绿水

——刘国田:一位中国农民的精神坚守与环保奇绩

马永安 著

主管部门 山东出版传媒股份有限公司
出版发行 山东文艺出版社
社　　址 山东省济南市英雄山路 189 号
邮　　编 250002
网　　址 www. sdwypress. com

读者服务 0531 - 82098776(总编室)
0531 - 82098775(市场营销部)
电子邮箱 sdwy@ sdpress. com. cn

印　　刷 三河市嵩川印刷有限公司
开　　本 710 毫米 ×1000 毫米 1/16
印　　张 11.5 插页/2
字　　数 150 千
版　　次 2016 年 8 月第 1 版
印　　次 2021 年 8 月第 2 次印刷
书　　号 ISBN 978 - 7 - 5329 - 5322 - 6
印　　数 1 ~ 10000
定　　价 32.00 元